# 内敛心态与唐末诗风

谷维佳 著

社会科学文献出版社

SOCIAL SCIENCES ACADEMIC PRESS (CHINA)

# ■目 录

绪　论

中国古典诗歌传统奠定自先秦的《诗经》，"诗言志""诗缘情"的说法，向我们昭示了诗歌是诗人日常生活和心绪情感的语言外化。历代的诗歌作品，展示出了不同时代诗人在历史的滚滚洪流中，随波浮沉却又坚守自我的丰富内心世界。不管是盛世的高歌，浊世的苦痛，还是末世的悲哀，诗人的心无时无刻不与时代同频共振，和弦而舞。

文学史，其实更是文人的生活史和心态史。作为一部重点关注唐末诗人心态的小书，我们更加想要探索的是"末世"这种极端世态对诗人及其诗歌创作的影响。尤其是在刚刚经历了大唐盛世的极致繁华之后，唐人心态和性格由乐观昂扬、飞扬恣肆向绝望颓废、醉梦沉酣的转变。然而，这样的形容词，只能作为外在表象的感性描述，作为论述的主体脉络，我们想要探索更深层的变化，表现在诗歌中便是文人心态由外向内的转变。

那么，这种变化的历史节点是从哪里开始的呢？其实从中唐安史之乱后，这种转变就已经开始了，唐人的精神气质由外放昂扬转而向内收敛，降至唐末，这种转变达到了极致。同时，伴随着唐王朝的覆灭和宋朝的建立，唐末成为唐宋诗人心态丕变的转捩点。我们谈到唐宋诗之别，会更加强调唐诗昂扬外放的精神和不着意于法度的自由抒情。相较于唐人，宋人一方面是向内越来越致力于对文人心性修养的执着坚守，另一方面向外体现为对诗歌创作艺术的沉醉痴迷和精益求精。唐人外放，而宋人收敛，这两者是完全相反的。在从"唐音"向"宋调"的转变过程中，内敛心态发生了怎样的变化？这一系列的问题，如果抛开诗歌表层面貌的不同，从文人心态的最根底处寻找答案，是否能够得到合理的解释？我们试图从诗人心态向内收敛这个视角来解答这些问题。

唐末是我们关注的核心，然而文学史上的"四唐说"影响太大，我们首先需要对"唐末"做时间断限，然后对唐人心态史的研究做一个整体观照，以便在参照对比中说明唐末诗人心态研究的重要性。

## 一 唐末的时间断限

所谓"唐末诗歌"，指的是唐懿宗咸通元年（860）到唐哀帝天祐四年（907）的诗人及其诗歌创作，即文学史"四唐说"中"晚唐诗歌"的后半段。选取这一段作为"唐末"的时间断限，是因为该时段最具特殊性。作为王朝覆灭前唱出的哀歌，最能体现末世衰亡背景下诗人心态的"内敛"，属于典型的"末世文学"。

文学史上的晚唐大致指唐文宗 828 年到唐哀帝 907 年唐朝灭亡。这一时期是唐王朝最终走向覆亡的阶段。外部国力衰弱，边地动乱；内部统治者昏庸无能，吏治腐败。正如《资治通鉴·唐纪》所说："于斯之时，阉寺专权，胁君于内，弗能远也；藩镇阻兵，陵慢于外，弗能制也；士卒杀逐主帅，拒命自立，弗能诘也；军旅岁兴，赋敛日急，骨血纵横于原野，杼轴空竭于里闾。"① 末世衰亡的巨大阴影，以乌云压顶之势笼罩在唐末诗人的心头，王朝覆灭成为不可逆转的社会走向，诗人的生存空间被压缩，他们不再有盛唐人仗剑远游的豪壮，而是局限于一隅，全身远祸。这样就导致心理空间同时被挤压，在现实的巨大压力下，不断向内收敛。

---

① 《资治通鉴》卷二四四《唐纪》六十，中华书局，1956，第 7880~7881 页。

甚至在传统的初、盛、中、晚"四唐说"未形成之前①，鉴于唐末诗歌明显不同于以温、李为代表的晚唐诗风的独特之处，已经有学者把唐末诗歌及诗人群体单独划分，以便研究。宋代王禹偁《画纪》云："唐季以来，为人臣者，此礼（指祭祖之礼）尽废。"② 其《送孙何序》又曰："咸通以来，斯文不竞；革弊复古，宜其有闻。"③ 由此可见，王禹偁已经有意识地把咸通元年至天祐四年这一时段作为一个相对独立的阶段来考察诗人及其诗歌创作。近代研究学者罗宗强的《隋唐五代文学思想史》也把晚唐分为前后两个阶段，"晚唐前期文学思想（敬宗宝历初至宣宗大中末）"和"晚唐后期文学思想（懿宗咸通初至昭宣帝天祐末）"④，并从咸通前后士人心态变化角度论述了这样划分的原因，"从裘甫起义到唐朝灭亡，这四十七年，是唐王朝彻底崩溃的时期"⑤。"生活在这个时期的作家和批评家主要有皮日休、陆龟蒙、杜荀鹤、聂夷中、罗隐、吴融、黄滔、郑谷、韩偓、张为、司空图等人。他们虽然创作倾向和文学思想不同，政治态度也有差别，但有一点却是相似的，那便是大势已去，朝政已经无可挽回的悲观心理。"⑥ 沈松勤的《唐诗研究》也认为："晚唐诗坛，以咸通元年（860）为界，总体呈现出两种截然不同的气象与

---

① "四唐说"的分期法起源于南宋严羽的《沧浪诗话》，经过元代方回的阐发，奠定于元代杨士弘的《唐音》，完成于明代高棅的《唐诗品汇》："至于声律兴象，文词理致，各有品格高下之不同，略而言之，则有初唐、盛唐、中唐、晚唐之不同。"（《〈唐诗品汇〉总叙》）
② （宋）王禹偁：《小畜集》卷一四，文渊阁《四库全书》本。
③ （宋）王禹偁：《小畜集》卷一九，文渊阁《四库全书》本。
④ 罗宗强：《隋唐五代文学思想史》，中华书局，2003，第 1 页。
⑤ 罗宗强：《隋唐五代文学思想史》，中华书局，2003，第 247 页。
⑥ 罗宗强：《隋唐五代文学思想史》，中华书局，2003，第 248 页。

风貌。"① 还有，许总的《唐诗史》、中国社会科学院文学研究所编写的《唐代文学史》，也都是以咸通元年为界，把晚唐文学分为前后两个时期，后期一般直接称作"唐末"。

本书所引用的诗歌作品均以《全唐诗》现存唐末诗歌为基础，并结合现代权威学者校订过的唐末诗人的文集，如《韦庄集校注》（李谊）、《韩偓诗集笺注》（齐涛）、《杜荀鹤诗选》（叶森槐）、《罗隐集校注》（潘慧惠）、《皮子文薮》（萧涤非）等，诗句引文及重复者不再详细出注，同时参考了古代文献史料和今人的研究成果加以论述。

这一时期的诗歌创作以韦庄、韩偓为主要代表，囊括了罗隐、贯休、陆龟蒙、皮日休、司空图、马戴、杜荀鹤、郑谷等人以及以"咸通十哲"和"芳林十哲"为代表的诗人群体。虽然人数众多，但从作家精神层面而言，此时的唐末诗坛显得颇为消沉寂寥，并未出现如初唐的"四杰"，盛唐的"李杜"，中唐的"韩孟""元白"，以及晚唐的"小李杜"等一批具有时代代表性的伟大诗人，甚至亦罕见能够在其周边吸引众多文人并发挥领袖作用的诗坛巨擘，而是呈现出群龙无首、一盘散沙的局面。这一时期诗坛中小诗人数量众多，诗歌创作题材各异，境界狭深内敛，审美上偏爱清冷衰败的物象。不仅不同于初唐的昂扬、盛唐的奔放、中唐的务实，甚至和相距不远的晚唐以温、李为代表的注重对朦胧幽美心灵世界深度掘进的诗美追求也有殊异之处。在这一时间段里，诗坛的大家并不多，成就自然也不能和诗人繁星满天，诗歌创作如日中天的盛唐、中唐甚至晚唐前半段相提并论，但唐

---

① 沈松勤、胡可先、陶然：《唐诗研究》，浙江大学出版社，2006，第132页。

末诗坛诗人及诗歌作品的数量却不容小觑，而其所共同显示的"末世心态"和"末世文学"也堪为典型。

## 二 文人心态史的研究

20世纪80年代以来，我国古代文学研究领域开始更多地关注文人日常生活史①及心态史的研究，尤其是普遍性的群体性心态，比如尚永亮所开辟的"贬谪文学"领域概括出来的中唐文人身上的"执着"与"超越"精神。② 关于唐代诗人及其诗歌作品所体现的群体性心态及其心态史研究，也取得了丰硕成果，据已搜集到的资料，已有学术论文350多篇，专著10余部。现从不同层面具体对这些研究做一个系统的归纳和论述。

从断代史角度，全面论析唐代诗人的心态及其对唐诗创作影响的代表作，一是傅道彬、陈永宏的《歌者的悲欢：唐代诗人的心路历程》③，其系统梳理了唐代文学从沉浸于前朝旧梦里的宫廷诗，历经初盛唐的唐韵初成与盛世长歌、安史之乱带来的"悲风忽来"和以元、白为代表的唐音渐变，终结于晚唐的风流唱晚。二是池万兴、刘怀荣的《梦逝难寻：唐代文人心态史》④，认为初唐突破宫体诗的迷失，重建诗歌审美风范，显示了对理想人格的艰难探索；而盛唐的任性和深情，诗人在更新价值观和追求个人自由的同时，理想人格

---

① 如黄正健《韩愈日常生活研究——唐贞元长庆间文人型官员日常生活研究之一》，原文刊于荣新江主编《唐研究》第四卷，北京大学出版社，1998。
② 可参见尚永亮《贬谪文化与贬谪文学》（兰州大学出版社，2004）以及尚永亮主撰《唐五代逐臣与贬谪文学研究》（武汉大学出版社，2007）。
③ 傅道彬、陈永宏：《歌者的悲欢：唐代诗人的心路历程》，河北大学出版社，2001。
④ 池万兴、刘怀荣：《梦逝难寻：唐代文人心态史》，河北教育出版社，2001。

达到全面成熟；到了中唐，元和文人在追求中兴的过程中，在奋发与逃遁之间反复跳跃，理想人格发生了时代转换，乐天痛苦逍遥，退之特立怪异，李贺抑郁躁动；最后落脚于李商隐身上，其终成为"心灵世界的开拓者"。以上两书均被列入心态史研究的系列丛书。专著类的成果还有谢遂联《唐代都市文化与诗人心态》①，其更加关注诗人的恋都心态，政治诗歌中的夸饰和讽谏，士人为了远祸和求名所呈现的疏离与缅怀，士商关系、士妓关系、节日文化，都市生活和仕途焦虑，在园林宗教中对都市的逃离与对隐逸的向往，等等，可谓全面赅备。吴在庆《唐代文士的生活心态与文学》②，关注诗人在读书习业、科举求仕、集会宴游以及被贬谪时流露出的不同心态。蒋寅《大历诗风》③的独特之处在于，从大历诗人惆怅孤寂的心态入手，呈现这一阶段诗歌风格的恬静幽远、闲雅清丽，以大历诗风疗愈安史之乱带来的重创，弥合了盛唐的昂扬和中唐的奋发之间的裂隙，以过渡的姿态开启中唐面目，因而在文学史上占得一席之地。另外，还有张一平《趋向自我——中唐文学四大家心态研究》④、杨伯《欲采蘋花不自由——复古思潮与中唐士人心态研究》⑤ 等。从宏观角度论述诗人心态的论文还有鲜玉坤《中唐文学及文人心态的世俗化倾向研究——以白居易为例》⑥，以及杨小敏、庄虹

---

① 谢遂联：《唐代都市文化与诗人心态》，浙江大学出版社，2010。

② 吴在庆：《唐代文士的生活心态与文学》，黄山书社，2006。

③ 蒋寅：《大历诗风》，凤凰出版社，2009。

④ 张一平：《趋向自我——中唐文学四大家心态研究》，中国文联出版社，2000。

⑤ 杨伯：《欲采蘋花不自由——复古思潮与中唐士人心态研究》，南开大学出版社，2010。

⑥ 鲜玉坤：《中唐文学及文人心态的世俗化倾向研究——以白居易为例》，广西师范大学硕士学位论文，2014。

《唐代知识分子的心态变迁》①，关注文人心态"世俗化"的这一侧面和特定身份群体的心态变迁，不再赘述。

从贬谪、科举、隐逸、宗教等重要的政治文化因素出发，研究其对唐代诗人心态的影响，探究不同时期文人心态变化的代表性论文主要有尚永亮《论元和贬谪诗人的后期心态》②。他认为元和五大贬谪诗人除柳宗元葬身贬所外，其余的韩愈、元稹、刘禹锡、白居易四人历经磨难后都陆续返回朝廷。他们回朝后的心态，以苦闷的变化为中心，大致可分为淡化、延续、沉潜三种类型。其中韩愈、元稹属于苦闷淡化型，刘禹锡属于苦闷延续型，白居易属于苦闷沉潜型。苏芸《从应试诗看唐代社会风气及士人心态》③，李红霞《唐代士人的社会心态与隐逸的嬗变》④，张晶《禅与唐宋诗人心态》⑤ 等，亦分别有所侧重。作为个案研究，对唐代杰出诗人的独特创作心态进行研究的还有傅绍良《李白的个性意识与悲剧心态》⑥、许总《浅俗表意与浓郁伤情——论元白两面性人生与心态》⑦ 等。

近年来，也已有学者开始着重关注唐末诗人诗歌创作心态问题，并取得了一些成果，如葛兆光、戴燕《晚唐风韵》⑧，赵

①  杨小敏、庄虹：《唐代知识分子的心态变迁》，《甘肃社会科学》2001 年第 3 期。

②  尚永亮：《论元和贬谪诗人的后期心态》，《文史哲》1991 年第 3 期。

③  苏芸：《从应试诗看唐代社会风气及士人心态》，《北京大学学报》2004 年第 S1 期。

④  李红霞：《唐代士人的社会心态与隐逸的嬗变》，《北京大学学报》2004 年第 3 期。

⑤  张晶：《禅与唐宋诗人心态》，《文学评论》1997 年第 3 期。

⑥  傅绍良：《李白的个性意识与悲剧心态》，《陕西师大学报》1992 年第 1 期。

⑦  许总：《浅俗表意与浓郁伤情——论元白两面性人生与心态》，《陕西师大学报》1995 年第 4 期。

⑧  葛兆光、戴燕：《晚唐风韵》，中华书局，2004。

荣蔚《晚唐士风与诗风》① 等，其中多有对诗人心态的散见性描述，只是还不够聚焦和深入。而李定广的《唐末五代乱世文学研究》②，虽未主要关注诗人心态变化，却是研究唐末文学，重估其价值的重要成果。而关于唐末诗人群体的整体研究，则主要集中在"咸通十哲"上，如臧清《论唐末诗派的形成及其特征——以咸通十哲为例》③，以及周蓉《唐末诗人群体的聚合类型及其分化重组》④，这些成果为我们研究唐末诗人心态奠定了基础。

再聚焦到心态的内敛上，虽然在论述晚唐、唐末诗人群体及诗歌风貌的时候，会涉及心态研究，如余恕诚在《晚唐两大诗人群落及其风貌》中把晚唐诗歌风貌概括为"收敛、冷淡、着意"⑤ 等，但专门从"内敛"（或"内转""内倾""内向"）角度论述唐末诗人心态特殊性的专著，到目前为止，笔者还未见到。论文类成果也较为零散，主要是诗人个案研究，具体论述内敛心态对个人或群体诗歌创作的影响，比较有代表性的有孙振涛《论唐末西蜀文人群体的内敛心态与苦吟作风》⑥，李娟《贾岛审美心理新探：逆反与内敛》⑦，袁庚申、

---

① 赵荣蔚：《晚唐士风与诗风》，上海古籍出版社，2004。
② 李定广：《唐末五代乱世文学研究》，中国社会科学出版社，2006。
③ 臧清：《论唐末诗派的形成及其特征——以咸通十哲为例》，《文学评论》1997年第 5 期，第 78~88 页。
④ 周蓉：《唐末诗人群体的聚合类型及其分化重组》，《西北师大学报》2012 年第 4 期，第 11~17 页。
⑤ 余恕诚：《晚唐两大诗人群落及其风貌》，《安徽师大学报》1996 年第 2 期，第 161 页。
⑥ 孙振涛：《论唐末西蜀文人群体的内敛心态与苦吟作风》，《集宁师范学院学报》2012 年第 2 期。
⑦ 李娟：《贾岛审美心理新探：逆反与内敛》，《石油大学学报》2005 年第 4 期。

林琳、杨威《论李商隐诗歌创作中的内转倾向》①；关注"内倾""内向"等唐末诗人群体性心理表现的，有沈邦兵《论晚唐五代文人内倾心态对诗词创作的影响》②，袁文丽《晚唐诗人内向心理探因》③ 等。

以上，可见目前对唐末诗人的生存状态和创作心态的系统研究虽然已经取得了丰硕的成果，但还不够全面深入，主要表现在以下方面：首先，个体研究和群体观照结合不够，对重要诗人如韦庄、韩偓或诗人群体如咸通十哲、芳林十哲的集中及偏爱，很少涉及其他大量的零散中小诗人；其次，对诗人生存状态的研究多集中在仕隐矛盾、科场蹭蹬、乱世流离等，得出的诗人心态也多集中在伤时怀旧、落寞感伤、恐惧悲戚等具体的某一方面，并非共通性的特质，即并未能从根源处挖掘唐末诗人整体心态特征及其形成原因，更未探赜这种末世心态在唐宋诗转型过程中的关窍和作用；最后，论及唐末诗人"内敛"性诗歌创作心态的论文，用词不一，诸如"内倾""内转""内向""收敛"等均有学者使用。就笔者目前所搜集并了解到的资料来看，对这种心态的背景成因、具体内涵、外在表现、发展演变和对诗歌创作的影响，以及在唐宋诗转型中发挥的关键作用，还未见有学者做系统性的深入论析。

鉴于以上研究现状，我们选择"内敛心态与唐末诗风"作为论题，通过推究中唐至唐末诗人逐渐"内敛"的心态嬗

---

① 袁庚申、林琳、杨威：《论李商隐诗歌创作中的内转倾向》，《河北广播电视大学学报》2005 年第 4 期。
② 沈邦兵：《论晚唐五代文人内倾心态对诗词创作的影响》，《华章》2010 年第 12 期。
③ 袁文丽：《晚唐诗人内向心理探因》，《山西大学学报》1997 年第 4 期。

变轨迹，细绎并阐述唐末诗人"内敛心态"的具体内涵，并从内外交困的双重视角分析其成因，同时对内敛心态影响下唐末诗歌不同题材类型中的感情变调和艺术特征的时代转向作详细论述，最后延伸及唐末诗人内敛心态在五代、宋初诗坛及宋代婉约词派内的延续、回响和重塑，并探讨内敛心态在唐宋诗转型过程中所起到的重要作用。由此，对诗人内敛心态与唐末诗歌风貌之间的关系，尝试做出一个较为深入翔实且系统完善的论析。

"内敛"的心态不仅能帮助我们更好地理解"唐型性格"和"宋型性格"的差异，更能在唐宋诗的对比研究领域给我们一定的思路和指引。比如迄今为止尚无定论的历时数百年的"唐宋诗之争"，学界有很多对唐宋诗之间不同的经典比较，典型者如缪钺："唐诗以韵胜，故浑雅，而贵蕴藉空灵；宋诗以意胜，故精能，而贵深折透辟。唐诗之美在情辞，故丰腴；宋诗之美在气骨，故瘦劲。"① 但是这样的评论多是从诗歌表现的外在风貌上来说的，很少触及诗人心态上的根本不同和演流变化。到目前为止，尚未看到有学者具体地从某种心态角度把二者做一个系统详细的比较，即唐、宋诗人诗风迥异的心态表现根源到底在哪里？这种心态经历了怎样的发展演变过程？在这个过程中哪里是拐点？一以贯之的东西是什么？最后又在哪里得到了收束总结？诸如此类问题还没有引起足够的重视。在笔者看来，这应该就是诗人心态经由盛唐的极致外放后的一个由外向内逐渐收敛的过程，到宋人那里成熟了，稳定了，定型了。就像是一个青年人到了中年，

---

① 缪钺：《论宋诗》，见《诗词散论》，开明书店，1948，第 17 页。

性格上基本稳定了，有了自己对世界的成熟、理智、冷静的把握，对待外界事物有了自我的看法和观点，对待诗歌也有了独到的认识和体悟。不同于唐人的以性情为诗，以燃烧生命的状态去倾情投入地作诗，"宋人更多的是以一种严肃化、实体化的态度于诗，对诗歌创作持内敛观照与人格自省的取向"①。心性上的外放和内敛，这样迥异的心态不仅体现在诗歌上，更是唐宋人综合性格的典型体现，也正是唐宋诗歌之根本不同。

### 三　唐末的"内敛心态"

诗人心态研究的重要性自然毋庸置疑，"心态史研究认为人们的生活并非随机，人们共同拥有的世界观与价值观，会影响其如何看待并回应自己周围的世界"②。"唐代人士的生命的确是同诗歌的心脉一起跳跃。"③ 这大概是我们选择心态研究的最根源处。诗人心态在诗歌创作中具有极其重要的作用，既影响到诗人个体的诗歌创作风格，又会对一个时代整体的诗歌创作心理产生普遍影响，因此，研究唐诗，尤其要注重不同时段诗人心灵的震颤和心态的变化，蒋寅在《大历诗风》中说："作为最直接、最强烈的感情、意念表现形式——诗，更是集中地展现了一个时代人的思想、感情活动，尤其是心灵状态。因此，诗史从广义上说，就是人类的心态史，是人类的心灵颤动、变化、表现的历史，应和着人在不

---

① 陈伯海：《唐诗学史稿》，河北人民出版社，2004，第 170 页。
② 〔美〕包弼德：《斯文：唐宋思想的转型》，刘宁译，江苏人民出版社，2017，第 2 页。
③ 吴经熊：《唐诗四季》，徐诚斌译，外语教学与研究出版社，2023，第 167 页。

同时期的心理波动画出相应的曲线。根据诗史的曲线，可以推定群体、个人的某种心态在历史上的坐标点。"① 不同时段诗歌中所反映的心灵跳跃与诗人气质相契合，个人终究是群体的一员，而群体是历史的组成部分。

我们为何选择唐末来考察？就诗歌这种文体而言，在从唐诗向宋诗的转变过程中，经历了完整的"唐诗的四季"，唐末终于走向了"唐诗的寒冬"，"这最足以表显冬季之境地。无力的忿怒深觉它自己的无力，末日已到的感觉；一种非言语所能表述的痛恨，只能为它叹息流泪；自信力的失落；悲惨消极的人生观；对非人力所造成，也非人力所能补救的悲痛的责任心；只有神迹方能将这世界从灭亡中救出，而天下又无神迹的明觉；愈转锐敏的感觉，渐趋衰弱的神经；将溺死的人突然回忆他的过去——这就是我们正要讨论的诗的时代精神（或更确切地说是精神萎靡的表征）"②。此论或许是对唐末凋残衰冷以及诗人身处其中心理状态的最好注解。在唐末诗人的诗歌中，身与心的双重收缩内敛达到了极致。

目前为止，在唐诗研究传统领域中，学者们的聚焦点仍多集中在初、盛唐及中唐，认为初、盛唐作为开创期和鼎盛期，其重要性不言自明。而中唐诗歌承继之前的辉煌，流派众多、大家迭出，甚至晚唐仍出现了成就卓越，能独树一帜、引领众人的李商隐、杜牧等大家。但是学术界对咸通元年至天祐四年的唐末诗坛的认识，则仍有较多的局限性，如认为这一时期虽然诗人及诗歌作品数量众多，却几无能开宗立派

① 蒋寅:《大历诗风》, 凤凰出版社, 2009, 第43页。
② 吴经熊:《唐诗四季》, 徐诚斌译, 外语教学与研究出版社, 2023, 第289～290页。

的大家，整体诗歌风貌显得情词卑下，如：

> 咸通、乾符之际，斯道隳明，郑卫之声鼎沸，号之"今体才调歌诗"。援雅音而听者懵，语正道而对者睡。噫！王道兴衰，幸蜀移洛，兆于斯矣。[①]

> 唐诗自咸通而下，不足观矣。乱世之音怨以怒，亡国之音哀以思，气丧而语偷，声烦而调急，甚者忿目偏吻，如戟手交骂。大抵王化习俗，上下俱丧，而心声随之，不独士子之罪也，其来有源矣。[②]

> 诗至晚唐而败坏极矣，不待宋人。大都绮丽则无骨，至郑谷、李建勋，益复靡靡。朴澹则寡味，李频、许棠，尤无取焉。甚则粗鄙陋劣，如杜荀鹤、僧贯休者。[③]

其中《载酒园诗话又编》中的"晚唐"亦指唐末，所举郑谷、李建勋、李频、许棠、杜荀鹤、贯休等，皆为典型的咸通以后诗人。以上所引文献对唐末咸通以后诗坛状况的混乱、衰败，以"听者懵""对者睡""不足观"评价之，乱世亡国之音"气丧而语偷""声烦而调急"，如当街对骂，粗鄙陋劣，甚为不堪，批评家之痛心疾首，可见一斑。然而诸如此类基于和初、盛、中唐诗歌整体艺术水平的比较所作的评述，在很大程度上显得偏颇，甚至流于单方面的一味批判，

---

① （唐）黄滔：《答陈磻隐论诗书》，《全唐文》卷八二三，中华书局，1983，第8672页。
② （宋）计有功：《唐诗纪事》卷六六，上海古籍出版社，1987，第998页。
③ （清）贺裳：《载酒园诗话又编》，见郭绍虞编选，富寿荪校点《清诗话续编》一，上海古籍出版社，1983，第393页。

而缺乏全面性的判断和一分为二看问题的客观。他们对唐末诗人身处王朝末世身不由己的生存状态和所产生的独特心理状态，以及这种独特心态和乱世动荡的历史背景，对唐末诗歌创作，甚至是在唐宋诗转型的过程中产生的巨大影响的关注甚为微弱。即使有所关注，也是作为佐证唐末诗歌面貌"鄙俗"的力证出现，比如上述计有功《唐诗纪事》中的观点和评述。但是计氏一方面批判唐末诗风哀怨丧乱，另一方面也敏锐地指出，乱世之音虽然面目可憎，身处末世，却并非士子们的原罪，并且为他们找寻开脱的理由："大抵王化习俗，上下俱丧，而心声随之。"唐末诗歌的面目和其中流露的心声是时代衰亡之时最诚实的变调，历史的车轮滚滚碾下，尘玉俱碎，无人能够幸免，不能归罪于个体诗人。

这一研究状况自进入 20 世纪 80 年代以来，随着西方心理学与文学相结合的研究方法的传入，有了改变，如荣格《心理学与文学》即认为："心理学作为对心理过程的研究，也可以被用来研究文学，因为人的心理是一切科学和艺术赖以产生的母体。"[1] 同时伴随着《论分析心理学与诗的关系》等论著的译介，传统的唐诗研究领域注入了新鲜的活力，学者们开始关注诗人的生存状态和创作心态问题，并提出了一些较为公允的观点和看法，如赵荣蔚《晚唐士风与诗风》论及晚唐士人心态时就说他们（苦吟诗人）："真实地表现了下层寒士的生活、思想、心态和情感历程……更能真实地展示普通人的真实生活及精神世界。"[2] 此处对诗人心态的重要性

---

[1] 〔瑞士〕卡尔·荣格：《心理学与文学》，冯川、苏克译，生活·读书·新知三联书店，1987，第 124 页。

[2] 赵荣蔚：《晚唐士风与诗风》，上海古籍出版社，2004，第 4 页。

虽点到即止，并未做系统性的深入细致的研究论述，但为我们研究唐末诗歌指出了一条新路，即不同于传统的、单一的诗歌反映现实的批评视角，而是从诗歌反映诗人最真实的生存状态和创作心态角度入手，重新审视唐末诗歌的价值和意义，以及矫正我们对唐末诗歌存在的习惯性偏见。学者刘宁也认为："以往被视为唐诗尾声的咸通以后的诗艺，则体现出反拨元和的趋势，调整的方向成为宋诗的开端。"[①] 唐末诗歌在唐诗向宋诗过渡转型中起到的作用开始被看见，并被正视。

从和初、盛、中、晚唐诗歌成就高低进行纵向对比的角度而言，认为唐末诗歌不及前几个阶段的说法，自然有其道理，但若放置于"唐宋变革论"的大背景之下考察，就诗人心态、心性转变的角度而言，从唐朝的开放昂扬、热烈奔放，到宋朝的反躬自省、成熟稳重，唐宋文人心态的历史转换，尤其离不开的，就是唐末这一收敛沉潜后，触底反弹的阶段。

叶燮《原诗·外篇下》把晚唐、唐末诗歌比喻成"江上芙蓉""篱边丛菊"，赞其有"幽艳晚香"[②] 之韵。从某个角度来讲，正因为唐末诗人身处时代之动荡不安，经历之曲折坎坷，内心情感之复杂难言，才成就了这种在极度压抑、痛苦、绝望中欲诉还休，内敛含蓄的独特诗美，更加真实地反映了末世离乱的社会背景下一大批中小诗人的真实生存状况和诗歌创作心态。

唐末乱世对诗人人生境遇及心灵状态的震撼是巨大的，许多诗人因外部环境的动荡浇漓，而遵循了儒家所提倡的

① 　刘宁：《唐末五代诗歌研究》，北京师范大学博士学位论文，1997。转引自赵荣蔚：《晚唐士风与诗风》，上海古籍出版社，2004，第3页。
② 　（清）叶燮著，霍松林校注《原诗》外篇下，人民文学出版社，1979，第67页。

"天下有道则见，无道则隐"① 的处世法则。在历经种种磨难，撞得头破血流后，选择最大程度地收敛自己经世致用，积极进取的向上、向外的精神气质，转而变得拘束收缩，内敛含蓄，情调上也显得残破衰败，凄清落寞，这是唐末诗人在诗歌创作中流露出的整体性精神气韵和心理状态。

唐末作为一个繁盛数百年的王朝即将走向灭亡的特殊阶段，其社会的动荡离乱，以及残酷的现实投射下的巨大的王朝灭亡的末世阴影，成为士人心头挥之不去的噩梦。崇尚奢靡浮华，及时行乐之风盛行，士人心态避世而消极，既没有中唐诗人企望中兴的残梦，甚至也没有了晚唐前期诗人明知不可为而为之的匡救时弊的余热，以及对历史兴衰轮替的无限留恋、无奈悲叹。唐末诗人所拥有的只是王朝灭亡前的末世狂欢和最后一场醉生梦死的浮华梦境，始终伴随着他们的是心底深深的迷茫绝望和无所归依。

唐末诗人所面临的人生选择，要么是隐逸山林与清风明月为伴，要么是沉溺温柔诗酒与歌姬舞女为伍。他们对政治，对仕途，对统治者，对整个糜烂到了极致的社会已经绝望到了极点。后世评论家对咸通以后世风和士风的批评，也正是对当时诗歌批评的立足点，可见世风剧变对诗风的影响之甚。

唐末诗人视野向内收缩，心绪向内收敛，其情感世界也显示出了明显不同于唐诗之前各个阶段的独特之处：咏史怀古诗中弥漫着感伤情调，"莫怪楚吟偏断骨，野烟踪迹似东周"（韦庄《咸阳怀古》），"君臣都是一场笑，家国共成千载悲"（李山甫《上元怀古二首》其一），种种历史古迹遗址

---

① （宋）朱熹：《四书章句集注》，中华书局，1983，第 106 页。

带给他们的不再是昂扬向上催人奋进的力量和鼓荡的激情，而是消沉萎靡和万事皆空的虚幻缥缈之慨；时事讽喻中浸透着身世之悲和乱离之痛，"我未成名君未嫁，可能俱是不如人"（罗隐《自遣》），"我今避世栖岩穴，岩穴如何又见君"（韦庄《虎迹》）。世道昏聩，自悼自伤成为诗人的惯常心态，对生命朝不保夕的深深恐惧时刻威胁折磨着他们，"世间多少事，无事可关心"（姚合《闲居遣怀十首》其五）。他们以冷漠的态度在醉生梦死间释放内心压抑到极致的郁闷和伤痛，以无度酣饮浇胸中块垒，秀口吐出的不再是李白的"半个盛唐"，而是"愁看地色连空色，静听歌声似哭声"（司空图《淅上》）的哀音，以及"人生倏忽一梦中，何必深深固权位"（薛逢《君不见》）的痛切领悟。

唐末诗人诗歌创作主要不再是为了博取功名，飞黄腾达，施展抱负；也不再是为了怡情养性，陶冶人生。对咸通以后的诗人来说，诗歌创作是他们漫长坎坷人生路上极为重要的精神慰藉和情感陪伴，也是他们宣泄内心压抑到极致的抑郁情愫和消解胸中块垒的工具。"若无诗自遣，谁奈寂寥春"（韦庄《曲江作》），作诗变成了他们由于外力逼迫而内敛到极致的个人浓郁悲苦情感的宣泄闸口。向死而生，长歌当哭，是诗歌在残酷的现实中带给他们的最后支撑下去的力量。

丹麦学者勃兰兑斯在《十九世纪文学主流》引言中说："文学史，就其最深刻的意义来说，是一种心理学，研究人的灵魂，是灵魂的历史。"[①] 当由《诗经》肇始的"诗言志"的传统诗教在晚唐日渐衰微之时，唐末诗人只能退守自我心灵

---

[①] 〔丹麦〕勃兰兑斯：《十九世纪文学主流（第一分册：流亡文学）》引言，张道真译，人民文学出版社，1997，第2页。

一隅，诗歌"言情""遣怀"的功能便被此消彼长地放大。唐末诗人在末世衰亡的巨大社会阴影和心理重压下，以内敛含蓄的创作心态，给唐末诗歌带来了一种新的诗美追求和诗艺形式，为辉煌的唐诗帝国画上了一个圆满的句号。以唐末诗歌与诗人内敛心态为中心和聚焦点来描述并折射当时的社会风习和诗坛风貌，显然是具有学术研究的价值与意义的。

第一章

中唐至唐末心态内敛的嬗变轨迹

　　自安史之乱至唐末，大唐王朝历经剧变，尤其是唐末，作为繁盛数百年的大唐王朝即将走向覆灭的最后阶段，社会动荡，世情浇薄，人命若蚁，朝不保夕。所谓"歌谣文理，与世推移，风动于上，而波震于下者也"①。"文变染乎世情，兴废系乎时序。"② 文学创作及文学形态的变化与一个时代的社会现实有着密切的关系，唐末社会形势与政局的剧变不仅给诗人的创作心态打上了深深的时代烙印，同时也影响着唐末诗坛的整体风貌和艺术成就。

　　八年安史之乱导致社会动荡，民生凋敝，盛唐繁华梦醒，诗人创作心态开始务实而内敛。这种内敛的诗歌创作心态由中唐开始，至晚唐、唐末持续了数百年，但在每一个相对独立的文学发展阶段，这种"内敛心态"的具体表征和侧重并不完全相同。

## 第一节　中唐：内敛而"实"

　　中唐诗歌的内敛是务实偏狭、细碎琐屑的，这是唐诗由外向内收敛转型的第一个阶段。

　　八年安史之乱给繁盛的大唐王朝带来了沉重一击，同时也给中唐诗人带来了丰富的人生体验和奋发中兴的强烈愿望。不同于盛唐诗人的昂扬奋进，中唐诗人由于历经社会的动荡和战乱，对世道和人生多了一份成熟的思考和哲理性的感悟，使他们在企望中兴的同时，更加务实进取，情思气韵变得沉

---

① 范文澜注《文心雕龙注》下，人民文学出版社，1958，第 671 页。
② 范文澜注《文心雕龙注》下，人民文学出版社，1958，第 675 页。

稳厚重，诗歌境界也变得内敛含蓄，故明代陆时雍在《诗镜总论》中说：

> 中唐诗近收敛，境敛而实，语敛而精。势大将收，物华反素。盛唐铺张已极，无复可加，中唐所以一反而之敛也。[1]

清人贺裳也指出：

> 中唐人故多佳诗，不及盛唐者，气力减耳。雅澹则不能高深，雄奇则不能平静，清新则不能深厚。至贞元以后，苦寒、放诞、纤缛之音作矣。[2]

二者均从与盛唐诗风对比的角度出发，指出了中唐诗歌明显不同于盛唐诗歌的"新变"之处，即诗人向内收敛的创作态度所导致的中唐诗歌意境和语言上"质而实"的特点。"内敛而实"可以说是唐宋诗歌转型过程中的第一次向内收缩。

由中唐开始，八年"安史之乱"给醉心于大唐王朝盛世繁华梦的统治者敲响了一记警钟。中唐社会离乱，民生凋敝，诗人政治上失意落魄、目睹了民生疾苦，其生存状态和诗歌创作心态也发生了很大变化。然而，盛唐的荣耀和光华毕竟

---

[1] （明）陆时雍：《诗镜总论》，见丁福保辑《历代诗话续编》下，中华书局，1983，第 1417 页。

[2] （清）贺裳：《载酒园诗话又编》，见郭绍虞编选，富寿荪校点《清诗话续编》一，上海古籍出版社，1983，第 340 页。

还不算遥远。乱后初平，中唐诗人们心有余悸，在八年离乱的颠沛流离中更多地体验到的是社会动荡的残酷和生命本身的脆弱。盛唐诗人豪情满怀、挥洒自如、喷涌勃发式的诗歌创作方式虽然逐渐式微，但伤痛之后，伤口结痂，他们在感情上变得沉稳内敛，恢复盛唐荣耀的责任感便油然而生。他们在为王朝中兴奔走呼号的同时，理智地反思战乱，清醒地分析时弊，作诗更加贴近现实，以实际需求为主；视野上开始关注战后的社会现实和琐碎细微的日常生活；创作上倾向于精雕细琢式的"苦心为诗"或"苦吟为诗"；同时，艺术上注重辞采、格律，审美上则形成了以韩、孟为代表的尚奇尚怪和以元、白为代表的浅易通俗两大主要审美风格。

中唐诗人韩、孟一派诗风尚奇、尚怪，视野的收缩已经开始把唐诗引向了偏狭的题材领域，诗风由盛唐豪迈、勃发、阔大、明朗的宏大视域开始向内收敛。他们在诗歌创作内容上开始更多地关注自我的细碎生活，如韩愈的《落齿》诗，对"落齿"这一日常生活琐事及其所引发的幽微细腻的诗人心理进行了细致的刻画。《嘲鼾诗》则把睡眠时打鼾这一颇为日常和琐屑的事写得狠重粗豪、云谲波诡。同时开始关注日常生活中细小琐碎的事物，如孟郊的《蜘蛛讽》《蚊》《烛蛾》等，从题目中即可看出向着关注细小事物方向发展的倾向。

与此同时，中唐诗人李贺开始抒写内心感受，展示出一个奇谲诡异而幽香冷艳的内心世界，如《神弦》《将进酒》等诗作。姚文燮《昌谷集注自序》评李贺"斯愈推愈远，愈入愈曲，愈微愈减，藏哀愤孤激之思于片章短什"①；《岁寒堂诗话》也评价李贺曰："贺诗乃李白乐府中出，瑰奇谲怪则似之，秀逸天拔则不及也。贺有太白之语，而无太白之韵。"②他们都注意到了李贺诗因极力向内心深掘，而至于深僻孤愤，少了李白诗向外的潇洒飘逸的意境和奔放勃发的韵味。

中唐诗人创作题材的艳情化和细小生活化，到了元、白更加突出。"元和体"诗歌多写艳情，因而受到当时一些诗家的批评。杜牧在《唐故平卢军节度巡官陇西李府君墓志铭》中述李戡语：

> 尝痛自元和以来，有元、白诗者，纤艳不逞，非庄士雅人，多为其所破坏。流于民间，疏于屏壁，子父女母交口教授，淫言媟语，冬寒夏热，入人肌骨，不可除去。吾无位，不得用法以治之。③

文中对元、白艳情诗歌纤弱艳丽所产生的社会教化方面的负面影响不仅痛恨至极，甚至想到了要用"法"来加以制止。

此时的另一诗人群体"大历诗人"，作为由盛唐向中唐的过渡，在诗歌创作上也明显呈现出了气韵内敛的倾向，《四库全书总目》说："大历以还，诗格初变，开、宝浑厚之气渐远

---

① （清）王琦：《李长吉歌诗汇解》卷首，清乾隆宝笏楼刻本。
② （宋）张戒：《岁寒堂诗话》，见丁福保辑《历代诗话续编》上，中华书局，1983，第 462 页。
③ （唐）杜牧：《樊川文集提要》，《钦定四库全书总目》卷一五一，中华书局，1997，第 2020 页。

渐漓，风调相高，稍趋浮响。"①《石洲诗话》也说："盛唐之后，中唐之初，一时雄俊，无过钱、刘。……然却亦渐于转调伸缩处，微微小变。"② 其实，就唐代诗歌史而言，经安史之乱的重创，大历诗坛表现出的这种短暂的沉寂，可以说是第一次低谷。然而，这个低谷期是必需的。盛唐诗坛太过于浓烈张扬，而安史之乱的发生太过于惨烈痛切，凡是经历过的诗人，就像被这一记重锤打蒙了一样，大历时期这种对伤痛的舔舐，是修复创伤的一种方式，也是反省过往、以备来路的一种思考，更是中唐诗歌转向尚实、通俗的开端。如果我们再把历史的视角放大，把这种思维模式放置在唐宋诗歌转型的视角中去看的话，在这个"内敛"心态的发生及深化过程中，唐末作为程度"最深处"，它起到了怎样的作用？大唐王朝终于覆灭了，这给宋人带来的反省只会远超安史之乱后对唐人的警醒。而反省，则意味着转变。由唐诗的外向感性终于转为宋诗的理性成熟。

同时，就中唐诗人群体内部而言，时代越往后发展，诗歌情思气韵便呈现出愈加向内收敛的趋势，且出现了整体上不可逆转的发展倾向，如《岁寒堂诗话》评柳宗元即说："柳柳州诗，字字如珠玉，精则精矣，然不若退之之变态百出也。使退之收敛而为子厚则易，使子厚开拓而为退之则难。"③"收敛易，而开拓难"是对中唐后继直至唐末，唐诗的情思气韵整体走向内收、狭窄的精准评价。而对中唐诗人和诗歌特

---

① （唐）钱起：《钱仲文集提要》，《钦定四库全书总目》卷一五〇，中华书局，1997，第 2004 页。
② （清）翁方纲著，陈迩冬校点《石洲诗话》，人民文学出版社，1981，第 54 页。
③ （宋）张戒：《岁寒堂诗话》，见丁福保辑《历代诗话续编》上，中华书局，1983，第 459 页。

征的评述，也多以"幽约""细碎"等词冠之，如《郡斋读书志》评元结诗"辞义幽约"①；《诗学渊源》评张继诗"多弦外音，适意写心，不求工而自工者也"②；《载酒园诗话又编》评韩翃诗"骎骎已入轻靡，为晚唐风调矣"③，评耿沣诗"善传荒寂之景，写细碎之事"④；等等，不一而足。当代学者陈伯海在《唐诗学史稿》中论及姚合时也说："姚合则处在元和中兴失败之后唐王朝前途渺茫之时，士人心态内敛，视野狭窄，对社会现实的迷惘使得他们渐渐将注意力转向自我，关注个体情感，追求清新的理致。"⑤ 如果说中兴是大历之后文人短暂的自我振发的话，那么中兴的失败则又是第二重打击。孟二冬在《中唐诗歌之开拓与新变》第三章"审美趣味与诗风的变化"第一节"由外拓到内敛"中，对唐诗由盛唐到中唐的变化作出了精确的概括，认为较之盛唐，中唐诗歌变得"情感基调郁闷低沉，意境狭窄内敛"⑥。这些评语均显示出自中唐开始，诗人视野开始缩小，诗歌意境向内收敛，诗歌表达趋向含蓄深婉的"内敛"性特征。中唐诗人诗歌创作心态的向内收敛，已经变成了不可逆转的时代趋势。

---

① （宋）晁公武撰，孙猛校证《郡斋读书志校证》，上海古籍出版社，1990，第855页。

② 转引自陈伯海主编《唐诗汇评》中，浙江教育出版社，1995，第1317页。

③ （清）贺裳：《载酒园诗话又编》，见郭绍虞编选，富寿荪校点《清诗话续编》一，上海古籍出版社，1983，第334页。

④ （清）贺裳：《载酒园诗话又编》，见郭绍虞编选，富寿荪校点《清诗话续编》一，上海古籍出版社，1983，第339页。

⑤ 陈伯海：《唐诗学史稿》，河北人民出版社，2004，第102页。

⑥ 孟二冬：《中唐诗歌之开拓与新变》，北京大学出版社，2006，第59页。亦可参看孟二冬《论中唐诗人审美心态与诗歌意境的变化》，该文认为"盛唐诗歌的情感基调昂扬明快，意境阔大外展，注重自然浑成，体现了盛唐诗人对天籁之美的追求。中唐诗歌的情感基调郁闷低沉，意境狭窄内敛，注重雕琢修饰，体现了中唐诗人对人工之美的追求"（《文史哲》1991年第5期，第80~83页）。

## 第二节　晚唐前期：内敛而"深"

晚唐前期诗歌的内敛是消沉感伤、朦胧绮丽的，这是唐宋诗由外向内收敛转型的第二个阶段。

如果说内敛的创作心态把唐诗从开阔宏大、玲珑凑泊、恣肆豪迈的盛唐气象拉回到了尘世的泥土中，中唐诗人则开始脚踏实地地发挥"诗言志"的功能，用诗歌来反映民瘼、抨击时弊、企望中兴，反映日常生活的细微琐屑，使中唐诗歌呈现出"厚、实、沉、深"的主基调的话，那么到了晚唐前期，诗歌则呈现出深远幽折、气骨顿衰的颓势，变得消沉感伤、朦胧绮丽。

咏史怀古诗在晚唐前期大量出现，且感情基调消沉感伤，从中已经看不见中唐诗人笔下奋发进取的愿望。晚唐前期诗人开始从大唐王朝中兴的幻梦中变得清醒，感受到了世事的无常和人事的幻灭，他们将目光投注在已经逝去的历史中，以一个旁观者的姿态回望历史，嗟叹自伤。这种时空的交替所带来的虚无感、幻灭感，以及悲凉消沉的情绪，在咏史诗中表现得颇为明显，如杜牧的"长空澹澹孤鸟没，万古销沉向此中"（《登乐游原》），许浑的"英雄一去豪华尽，唯有青山似洛中"（《金陵怀古》），薛逢的"人生倏忽一梦中，何必深深固权位"（《君不见》），等等，都是这种情感的抒写，感情基调消沉感伤。

而晚唐诗艺在温、李手中则愈发圆润流转、精密俊丽，感情含思悲凄、迷离深幽，语词哀伤缠绵、瑰艳绮丽，呈现出诗人敏感多思的心绪和朦胧绮丽的内心世界。

李商隐具有代表性的无题诗更多地继承元、白艳情诗的创作风格，艺术上淡化叙事情节，加强抒情比例，意象上模糊其实质性而强调其朦胧性，语言秾丽绵密，诗歌意象指向模糊朦胧，感情更加内敛含蓄，"长庆以后，中兴成梦，士人生活走向平庸，心态内敛，感情也趋向细腻……特别是李商隐，以其善感灵心、细腻丰富的感情……把诗歌表现心灵深层世界的能力推向了无与伦比的高峰"①。吴乔《西昆发微序》评之曰："义山始虽取法少陵，而晚能规模屈、宋，优柔敦厚，为此道之瑶草琪花。凡诸篇什，莫不深远幽折，不易浅窥。"② 冯浩《玉溪生诗集笺注》序评曰："晚唐以李义山为巨擘，余取而诵之，爱其设采繁艳，吐韵铿锵，结体森密，而旨趣之遥深者未窥焉。"③ 李商隐诗歌意象和主题的深幽朦胧、晦涩难解不仅是他长期身处"牛李党争"夹缝，内心凄苦难言所导致的，时代的剧变带来诗风的内敛，人人习于作裹结之语的外部社会环境也对其诗歌创作中探幽心灵世界产生了一定的影响。

到了温庭筠，他的很多诗歌作品已经开始少了李商隐的情韵气质，偏于浮躁流俗，且出现"词化"倾向，如《春愁曲》《江南曲》《张静婉采莲曲》等，《批点唐音》评之曰："温生作诗，全无兴象，又乏清温，句法刻俗，无一可法，不知后人何故尊信，大抵清高难及，粗俗易流，差便于流俗浅

---

① 袁行霈主编《中国文学史》第二卷，高等教育出版社，2003，第 227 页。
② （清）吴乔：《西昆发微》序，《丛书集成初编》本，商务印书馆，1935，第 1 页。
③ （唐）李商隐撰，冯浩笺注《玉溪生诗集笺注》，上海古籍出版社，1979，第 819 页。

学耳。余恐郑声乱耳，故特排击之。"[1] 语虽刻薄，未必尽括其诗歌全貌，不可全信，但也在一定程度上指出了温庭筠诗歌的弊病。

## 第三节 唐末：内敛而"哀"

唐末诗歌的内敛是绝望颓废、悲哀冷寂的，这是唐宋诗由外向内收敛转型的第三个阶段，也是表现最为明显的阶段。

身处乱世，唐末诗人始终背负着末世倾覆的巨大社会阴影和心理重压。史载：

> 于斯之时，阉寺专权，胁君于内，弗能远也；藩镇阻兵，陵慢于外，弗能制也；士卒杀逐主帅，拒命自立，弗能诘也；军旅岁兴，赋敛日急，骨血纵横于原野，杼轴空竭于里闾。

诗人对外部社会状况感到彻底绝望，振兴家国天下的理想抱负和社会价值已经无法实现，且身心都遭到了巨大折磨，他们或自嘲自消，或自伤自怜，或逃避名利，或归隐山林，外在功业欲望消歇，个人自身的人生价值亦无法实现。

在彻底绝望的末世情绪的笼罩下，诗人在日常生活中往

---

[1] （清）贺裳：《载酒园诗话又编》，见郭绍虞编选，富寿荪校点《清诗话续编》一，上海古籍出版社，1983，第 372 页。

往感到迷茫颓废，他们或醉心佛道隐居，或耽于酒色文字，或在山林田园畅游中竭力忘忧自适，或在自我妥协中寻求心灵平衡。

到了唐末，内敛的诗歌创作心态已经变成诗人诗歌创作活动中自觉追求的普遍心态。身处末世颠沛流离的生活，生命朝不保夕的惶恐，数十年如一日蹭蹬科场无果的伤痛，使他们的形象显得瘦病孤苦、衰老颓废，不同于盛唐"平生一顾重，意气溢三军"（骆宾王《从军行》）的外向型豪迈奔放的豪情壮志，也不同于中唐诗人翘首企望中兴的殷殷渴盼，更不同于温、李梦幻华丽的末世狂欢。唐末诗人是隐忍的，是无言的，是不愿与人诉说的，他们在一片死一样的静寂中，等待着大唐数百年王朝倾覆的最后时刻到来：

> 到处慵开口，何人可话心。（沈颜《书怀寄友人》）

> 自知心未了，闲话亦多端。（杜荀鹤《题岳麓寺》）

> 相思长有事，及见却无言。（裴说《喜友人再面》）

较之晚唐前期，此时诗人身处末世，凄惶不可终日，王朝倾覆已经变成无人能改变的事实，明知道即使站出来亦无法改变大厦将倾的命运轮盘，反而会招来杀身之祸，他们往往选择全身远祸，在集体压抑的沉默中等待着最后的宣判。

由中唐开始的诗人心态的这一内敛趋势，历经晚唐前期、唐末，直到唐灭亡都并未停止，且呈现出愈发深幽的特点，并一直延续，影响了五代词风、宋初诗风，以及两宋词风。

张毅在《宋代文学思想史》第一章"北宋初期的文学思想"中，开篇即用"向内收敛的创作心态"① 来阐述宋初文人心态，亦可见由中唐肇始的诗歌创作内敛心态所产生的深远影响。

---

① 张毅：《宋代文学思想史》，中华书局，2006，第 14 页。

第二章

内外交困：唐末诗人的心灵震颤

所谓"一代有一代之文学"①，诗人心态无可避免地会受到时代风气的影响，是社会环境、政治经济等外部因素和诗人个性、自我修养等内部因素共同作用的结果。唐末诗人诗歌创作中"内敛心态"的形成，更是如此。

唐末诗人的"内敛心态"正是独特的社会环境下诗人的心灵震颤，俞文豹在《吹剑录》中评述唐末诗风时说："气脉浸微，士生斯时，无他事业，精神技俩，悉见于诗，局促于一题，拘挛于律切，风容色泽，轻浅纤微，无复浑涵气象。"② 这段文字从社会和个人角度分析入手，延及题材变化、艺术风格、审美取向的不同，从各个角度对唐末诗人"内敛心态"进行了分析。这种"内敛"的诗歌创作心态紧紧系于唐末的社会状况和诗人自身的悲剧命运。即其一，对家国天下而言，社会价值无法实现；其二，对人生前途而言，个人价值也无法实现。由此，唐末诗人无论是对社会状况还是对自身的功业前途均感到彻底绝望，这种绝望到死寂的情绪始终笼罩在唐末诗坛，成为诗人心头挥之不去的梦魇。

# 第一节　对社会现实的绝望

## 一　末世衰亡的内心映射

从唐懿宗咸通元年（860）到唐哀帝天祐四年（907），繁盛数百年的大唐王朝以摧枯拉朽之势走向分崩离析，倾覆灭

---

① 王国维：《宋元戏曲史》自序，上海古籍出版社，1998，第 1 页。
② （宋）俞文豹撰，张宗祥校订《吹剑录全编》，古典文学出版社，1958，第 32 页。

亡。《新唐书》对这一时期的社会状况做了精准简练的概括：

> 懿、僖以来，王道日失厥序，腐尹塞朝，贤人遁逃，四方豪英，各附所合而奋，天子块然，所与者唯佞愎庸奴，乃欲障横流，支已颠，宁不殆哉。①

王道失序，战争频仍，社会动乱，藩镇割据，四方并起，而当权者昏庸无能，奸佞当道，物欲横流，老百姓流离失所，家国天下支离破碎，唐末诗人对王朝倾覆后的巨大未知感使他们内心充斥着极度的恐惧，所有的社会现实无时无刻不在提醒着他们，大唐王朝即将不可避免地面临覆灭的噩梦。

在此之前，"突如其来"的安史之乱本就给大唐王朝以沉重的打击。进入晚唐，宪宗虽励精图治，企望中兴，但最后终因宠信宦官而中兴梦断，晚唐文人士气开始消沉。当时的文人早已对唐王朝大厦将倾的悲剧性前途命运有着不祥的预感。早在大和二年（828），刘蕡在《对贤良方正直言极谏策》中向当时的文宗皇帝分析时弊时就说："臣以为陛下宜先忧者，宫闱将变，社稷将危，天下将倾，海内将乱。此四者，国家已然之兆。"② 一语成谶，仅仅在七年后的大和九年（835），文宗和大臣李训、郑注策划诛杀宦官，夺回皇权，但终因计划泄露而宣告失败，包括李训、王涯、贾𫗧、舒元舆、王璠、郭行余、罗立言、李孝本、韩约等在内的朝臣，连同其家人一千多人，均被宦官杀害，史称"甘露之变"，一时间

---

① 《新唐书》卷一八三，中华书局，1975，第5390页。
② 《旧唐书》卷一九〇下，列传第一百四下《刘蕡列传》，中华书局，1975，第5067页。

朝野上下腥风血雨、人人自危。

自唐懿宗即位后的咸通元年开始，本就处于风雨飘摇中的大唐王朝更是迎来了"山雨欲来风满楼"的危险局面，走入了最后的衰亡时期。藩镇割据，农民起义，边地动乱等导致世道交丧，民不聊生，即将亡国的恐惧时时刻刻煎熬着唐末诗人脆弱的心灵。

国家的治乱与君主是否能英明决断有着极大的关系，史家所谓："古之王者，必正身齐家以率天下。"[1] 唐末自咸通开始，懿宗奢侈昏庸，暴虐成性，嗜佛成癖。同昌公主出嫁，"适右拾遗韦保衡，以保衡为起居郎、驸马都尉……倾宫中珍玩以为资送，赐第于广化里，窗户皆饰以杂宝，井栏、药臼、槽匮亦以金银为之，编金缕以为箕筐，赐钱五百万缗，他物称是"[2]。这已然令人瞠目，但"乙未，同昌公主薨。上痛悼不已，杀翰林医官韩宗劭等二十余人，悉收捕其亲族三百余人系京兆狱"[3]，更可谓昏聩无德了。僖宗继位，乃一无知昏童，宠信宦官，专好斗鹅嬉戏，一鹅值五十万钱，处理政事的大权落入宦官田令孜之手，僖宗称其为"阿父"，史书载："上年少，政在臣下，南牙、北司互相矛盾……关东连年水旱，州县不以实闻，上下相蒙，百姓流殍，无所控诉，相聚为盗，所在蜂起。"[4] 昭宗是由当时大权独握的宦官杨复恭所拥立，根本没有实权，虽有才华亦有励精图治的决心，但奈何历经懿、僖二朝后，已经积弱难返，无力回天。随后，唐

---

① （宋）范祖禹撰，吕祖谦注《唐鉴》卷一一，商务印书馆，1936，第 93 页。
② 《资治通鉴》卷二五一《唐纪》六十七，中华书局，1956，第 8139 页。
③ 《资治通鉴》卷二五二《唐纪》六十八，中华书局，1956，第 8159 页。
④ 《资治通鉴》卷二五二《唐纪》六十八，中华书局，1956，第 8174 页。

朝最后一位皇帝哀帝承位，历经天祐元年至四年（904—907），只四年时间，繁盛数百年的大唐王朝便终于像一个老朽的病人一样，走向了生命的终点。

君昏则世乱，世乱则国危。唐末乱世，社会上下皆呈现一片衰亡的败象，长年战争带来的是满目疮痍，这在唐末诗人笔下多有表露，且看李山甫《兵后寻边三首》：

### 其一

千里烟沙尽日昏，战余烧罢闭重门。新成剑戟皆农器，旧著衣裳尽血痕。卷地朔风吹白骨，柱天青气泣幽魂。自怜长策无人问，羞戴儒冠傍塞垣。

### 其二

旗头指处见黄埃，万马横驰鹘翅回。剑戟远腥凝血在，山河先暗阵云来。角声恶杀悲于哭，鼓势争强怒若雷。日暮却登寒垒望，饱鸱清啸伏尸堆。

### 其三

风怒边沙迸铁衣，胡儿胡马正骄肥。将军对阵谁教入，战士辞营不道归。新血溅红黏蔓草，旧骸堆白映寒晖。胸中纵有销兵术，欲向何门说是非？

作为一组七言律诗，其诗歌艺术已臻成熟，暂且不论，给我们以最直观冲击力的是其对乱世镜像的呈现。无一首不写到战火，无一首不是满目的森森白骨，伏尸成堆和黏腻凝血，染污蔓草，北地天寒，胡马骄肥，农器变成了剑戟，血污旧衣已难辨认，角声悲壮，将军无策。作为诗人，虽胸中有长策，又有何补益呢？郑启《严塘经乱书事》曰："星落夜原妖气满，汉家麟阁待英雄。"在诗人看来，整个社会到处妖气弥漫，祸乱横行，已是无可改变的事实，但在汉家（此处指代大唐）的庙堂之上，在位者难道真的希冀等待着英雄来救世吗？大唐王朝就像暮色下即将坠落的太阳，夕阳最后一点微弱的光亮已经不可能照亮前路，剩下的只能是坠入暗无边际的黑夜里，而他们所期待的英雄，不过是虚空中最后的自我安慰罢了。

同为盛世，唐人喜欢以汉自喻。汉末荡乱，家国分崩离析，生灵涂炭的悲剧命运亦时刻警醒着他们的内心，撕扯着他们的灵魂，他们在内心深处对汉朝的结局充满了深深的恐惧，害怕大唐王朝最终也会走进那样的乱世而无可自拔。历史的残酷和无情再次给我们上了一课，事实证明，唐末社会之动乱和分裂程度比之汉末有过之而无不及。汉末王朝虽分崩离析，但较大的割据势力如魏、蜀、吴三国，各自占据一方，成鼎足之势，小范围内还算稳定；而唐王朝覆亡之后直接分裂为五代十国，政权政令朝立夕改，时间最短的后汉，只享国 4 年，而最长的后梁，也仅仅历时 17 年。且每逢政权更迭，都无可避免地伴随着大规模的战争和血腥的屠杀，唐哀帝天祐三年（906）丙寅科状元及第的裴说目睹天地崩坏，在《乱中偷路入故乡》里描绘当时的情形是："愁看贼火起诸烽，偷得余程怅望中。一国半为亡国烬，数城俱作古城空。""乱"和"偷路"出现在题目中已然可见诗人的仓皇，而诗句所写更是字字泣血，声声哀恸，到处是贼兵和反叛的诸侯，狼烟四起，整个国家几乎全无生气。

国危则气衰，气衰则诗变。在古贤哲看来，国家命运、朝代气数和人心（诗人心态）息息相关，《毛诗序》即提倡"风雅正变说"，我们不能拘泥地把诗风之"正变"一定视作国运之"盛衰"的反映，但从某种角度来说，国家治乱对诗人心态的影响是毋庸置疑的。凡逢末世，诗人心态必定不复盛世的张扬、外放、豪迈、恣肆，转而变得内敛、含蓄、低沉、收缩，而诗人心态又必定反映在其诗歌作品当中。由此，国势的衰微和诗人心态的内敛必然有着一定的关系。同样是写班婕妤，咏团扇题材的诗歌在盛唐诗人王昌龄、皇甫冉笔下和在唐末诗人崔道融笔下却拥有完全不同的格调：

奉帚平明金殿开，且将团扇暂徘徊。玉颜不及寒鸦色，犹带昭阳日影来。（王昌龄《长信秋词五首》其三）

由来咏团扇，今已值秋风。事逐时皆往，恩无日再中。早鸿闻上苑，寒露下深宫。颜色年年谢，相如赋岂工！（皇甫冉《婕妤怨》）

宠极辞同辇，恩深弃后宫。自题秋扇后，不敢怨春风。（崔道融《班婕妤》）

通过前两首诗和后一首诗的对比，我们可以很明显地看出盛唐诗人和唐末诗人在心态上的差别，生于武则天和玄宗年间的王昌龄和皇甫冉的诗中，虽然也有深深的孤寂和愁苦，也有妾意浓而君恩薄的怨怼，有容色将老而君恩难顾的伤感，但诗中仍有一丝希冀和渴盼。她在徘徊，在等待，早晨去上林苑看鸿雁是否带来好消息，晚上直等到寒露浸湿罗袜才返回深宫。而在处于懿、僖年间的诗人崔道融笔下，则只有无尽的悲凉心酸和落寞忍耐。诗人是内敛的，心中的怨气只能郁结胸中而"不敢"发泄出来，就像被抛弃的班婕妤和被遗落的团扇一样，处在政治的边缘和社会的底层，在风雨飘摇的唐末黑暗里，不敢流露出丝毫的埋怨。

世乱国危的社会现状必然会映射到诗人的内心，产生极大的心灵震荡。面对唐末丧乱的时局，诗人即使有出世救世之心，亦显得苍白无力，李山甫说："胸中纵有销兵术，欲向何门说是非？"郑损《艺堂》也说："莫怪尊前频浩叹，男儿志愿与时违。"唐末一部分诗人是有志向的，无奈天道不公，世道不允，他们没有一个能施展抱负的舞台和环境，只能沉默衔恨，甘苦自尝。

综上可见，在庙堂，皇帝昏庸无能、奸佞当道；在朝中，大臣中饱私囊、醉生梦死；在民间，百姓水深火热、流离失所。诗人对自身生存的社会感到彻底绝望，他们以一己之力已无法改变大唐王朝走向崩塌的命运，在巨大的王朝覆灭的阴影和残酷的社会现实的重压下，任何个人的和小团体的挣扎努力都显得渺小如蚁。他们对家国天下的抱负已经彻底无法实现，深深的无力感和面对未知命运的恐惧感紧紧攫着他们饱经磨难的敏感脆弱的灵魂，折磨着他们日日紧绷的神经，对社会现实的彻底绝望成为笼罩在唐末诗人心头的巨大阴云。

## 二 畏祸避祸的人生态度

到了唐末，诗人畏祸、避祸心态尤为明显。这是造成其诗歌创作心态内敛的又一根源。

首先，是兵祸。唐末战争不断，兵祸连连，诗人往往数十年如一日颠沛流离于乱兵之中，举家受难者，屡屡身陷危局，性命亦危在顷刻旦夕之间。《唐才子传》载："（韦）庄早尝寇乱，间关顿踬，携家来越中，弟妹散居诸郡。江西湖南，所在曾游，举目有山河之异。故于流离漂泛，寓目缘情，子期怀旧之辞，王粲伤时之制，或离群轸虑，或反袂兴悲，四愁九怨之文，一咏一觞之作，俱能感动人也。"① 乱离之中的感情尤显得珍贵，他们也更能理解魏晋南北朝乱世诗人的心情。诗人为了避祸往往会选择退隐，皮日休在《史处士》诗中慨叹："山期须早赴，世累莫迟留。"但退隐后诗人心中也往往不能得到真正的轻松，哀帝天祐二年（905）前后，诗人卢汝弼畏惧柳璨迫害，离开朝廷任职，客居上党，并作《闻雁》诗曰："秋风萧瑟静埃氛，边雁迎风响咽群。"避乱客居期间哀怨凄凉的心境可见一斑。

其次，是言祸。唐末社会风雨晦暗，诗人三缄其口亦难免杀身之祸，罗隐《言》说："珪玷由来尚可磨，似簧终日复如何。成名成事皆因慎，亡国亡家只为多。须信祸胎生利口，莫将讥思逞悬河。猩猩鹦鹉无端解，长向人间被网罗。"这是对言祸真实心态的反映，谨小慎微才能全身远祸，利口逞才，讽谏讥世者，难免生出祸胎。猩猩和鹦鹉因此常被捉住网罗，失去自由，而诗人以此自警。事实上呢，也正是如此，这样的诗歌往往带有隐喻的含义，诗人在自我警醒不要因言招祸的同时，其本身已经在暗讽时事了。唐末田令孜专权，"左拾遗侯昌蒙不胜愤，指言竖尹用权乱天下，疏入，赐

① （元）辛文房著，傅璇琮主编《唐才子传校笺》第四册，中华书局，1987，第328页。

死内侍省"①。左拾遗为言官，本就是讽谏之职，却因上疏抗言直接被赐死。僖宗时，另一位左拾遗孟昭图对当时宦官专权、皇帝昏聩的现状颇为忧虑，曾上书："'君与臣一体相成，安则同宁，危则共难。昔日西幸，不告南司，故宰相、御史中丞、京兆尹悉碎于贼，唯两军中尉以扈乘舆得全。今百官之在者，率冒重险出百死者也。昨昔黄头乱，火照前殿，陛下惟与令孜闭城自守，不召宰相，不谋群臣，欲入不得，求对不许。……'疏入，令孜匿不奏，矫诏贬昭图嘉州司户参军，使人沉于蟆颐津。"② 唐僖宗倚重亲善宦官田令孜，不仅疏远宰相群臣，且宦官为固权阻塞言路，进言者被沉水，着实令人慨叹！

　　唐末诗人乱世避祸，自身往往颠沛流离，居无定所，在常年漂泊中身心交瘁，年岁渐老，所处环境险恶异常，往往一不留心便有杀身之祸，故乱世避祸中的种种情形和一别永年的恐惧悲戚心理在诗中多有描写。如韦庄《衢州江上别李秀才》"一曲离歌两行泪，更知何地再逢君"，司空图《避乱》"离乱身偶在，窜迹任浮沉"，唐彦谦《客中感怀》"客路三千里，西风两鬓尘"，罗隐《别池阳所居》"已悲乱世身须去，肯愧途危迹屡迁"，等等。他们不幸生逢乱世，流离漂泊，世道艰难，两鬓风霜，周围的环境更是虎豹横行，凶险恶劣。他们就像小心行驶在惊涛骇浪中的一叶小舟，不仅无法主宰自己的命运，而且穷尽一生所发出的光亮，像暗夜中的一点萤火，微弱而渺小。

---

① 《新唐书》卷二〇八《宦者传》下，中华书局，1975，第5885页。
② 《新唐书》卷二〇八《宦者传》下，中华书局，1975，第5886页。

不仅自身常常有性命之虞，故国、家乡、家人、朋友也是消息难通，常常让唐末诗人本就饱受摧折的心灵更添一重对亲人安危的深深担忧：

故国无消息，流年有乱离。（郑谷《摇落》）

百口度荒均食易，数年经乱保家难。（杜荀鹤《入关因别舍弟》）

百口寄安沧海上，一身逃难绿林中。（韦庄《自孟津舟西上雨中作》）

唐末诗人由于战乱，往往举家避乱，颠沛流离中又常常互相离散，父母亲朋、兄弟姐妹之间彼此消息难通。更有甚者，即使时隔良久，有消息来到时也往往是悲音。一别之后，永隔黄泉，幸存的故友亲朋屈指可数，且几乎永难相见。面对国破家亡，诗人心中自然更添无限悲凉凄恻。

唐末诗人为了保命，或退隐，或入幕，或参禅，或出家，想尽种种办法以全身远祸。但即使这样小心谨慎，他们的结局也往往是悲惨的：隐逸诗人周朴为黄巢所杀；诗人薛能、皮日休、温庭皓、高骈等均在战乱中被杀；诗人李山甫为魏博军所杀；张道古被昭宗贬于蜀地后为蜀帝王建所杀；郑准为荆南节度使成汭所杀；诗人罗隐、尹文圭、徐寅分别被军阀高骈、朱全忠、李克用追杀但侥幸逃生；司空图悲叹唐亡绝食自杀。唐末的"白马之祸"对文人来说更是一场噩梦，天祐二年六月："（朱）全忠聚（裴）枢等及朝士贬官者三十余人于白马驿，一夕尽杀之，投尸于河。"①"初，李振屡举进士，竟不中第，故深疾缙绅之士，言于全忠曰：'此辈常自谓清流，宜投之黄河，使为浊流。'全忠笑而从之。"②清流浊世，人命竟然系于反叛乱军的谈笑之间，可见割据军阀视人命为草芥的残暴以及唐末诗人生存状态的艰难。

# 第二节　功业欲望的消歇

## 一　蹭蹬于科场的心灰意冷

社会价值的无法实现已经是对儒家传统诗教中以修、齐、治、平为代表的积极入世理想的巨大打击，而命运似乎觉得这样还不够。对于唐末诗人自身而言，科场黑暗，仕途无望，才是对他们人生道路的毁灭性打击。

科举制度一度作为唐朝重要的选官制度，历经高宗、武则天和玄宗，已经发展得颇为完备。到了唐末，大环境的动乱却让这几乎是贫寒士子们唯一实现青云之志的一架"登天梯"变成了一场醒不来的噩梦。唐末诗人几乎将人生最昂扬向上、意气风发的青壮年大半光阴消磨在了科场，他们大多从弱冠之年便开始科举之路：罗隐前后考了29年未能及第，韦庄也前前后后考了30多年，韩偓24年，郑谷18年，吴融24年，黄滔24年，杜荀鹤考了将近30年，这漫长的求举之路消磨掉了他们从青年到中年大半的人生好年华。在此之前，

---

① 《资治通鉴》卷二六五《唐纪》八十一，中华书局，1956，第 8643 页。
② 《资治通鉴》卷二六五《唐纪》八十一，中华书局，1956，第 8643 页。

李贺用他短暂而悲凄的人生向我们控诉着科举的弊端和荒唐，来到唐末，科场的黑暗愈演愈烈。由此反观上述"白马之祸"中，屡试不第的士子李振会鼓动朱全忠坑杀清流，对整个科举仕途怀恨在心，挟私报复考中的缙绅群体，似乎也可以理解了。

唐末诗人蹭蹬科场数十年不第者比比皆是，我们考察具有代表性的诗人如韦庄、罗隐、杜荀鹤、郑谷等的科举求仕之路，即可明显看出其心态从自信昂扬到失意落魄的变化轨迹和人生慨叹。

首先，我们来看韦庄的仕途经历。咸通三年（862），27岁的韦庄第一次奔赴长安参加春试，即以失败告终；乾符二年（875），在科场奔波煎熬13年之久的韦庄依旧下第，因而作诗以抒发心中郁闷不平之情："千蹄万觳一枝芳，要路无媒果自伤。"（韦庄《下第题青龙寺僧房》）乾符六年（879），韦庄再次落榜，作《冬日长安感志寄献虢州崔郎中二十韵》："未知匣剑何时跃，但恐铅刀不再铦。"情词哀伤，令人凄恻。随后，韦庄于883年至886年间到达润州，在周宝府署中做了三年幕僚，旋即客居婺州。昭宗景福二年（893），已经58岁的韦庄仍毅然奔赴长安，到处拜谒，准备第二年的春试，此次终于进士及第。纵观其一生，断断续续考了30多年，人生大好的青壮年时期，成为科举的牺牲品。即使最终及第，年近六旬，又能做些什么呢？

我们再来看罗隐的科举经历。罗隐，生于大和七年（833），卒于前蜀高祖武成二年（909），和韦庄基本上属于同时代人，两人所处社会时代环境极为相似，而仕途经历也是一样的坎坷困塞。大中十三年（859）底，26岁的罗隐奔赴都城长安，首次应进士试，不中，后历时七年不第。咸通八年（867），时年35岁的罗隐在京城应春试期间，自编其文为《谗书》，并为之作序阐明书名之意，曰：

> 《谗书》者何？江东罗生所著之书也。生少时自道有言语，及来京师七年，寒饿相接，殆不似寻常人。丁亥年春正月，取其所为书诋之曰："他人用是以为荣，而予用是以辱；他人用是以富贵，而予用是以困穷。苟如是，予之书乃自谗耳。"目曰《谗书》。①

其累七年不第的落拓失意，悲愤无奈之情显而易见。然此书一出，他愈发为统治者所憎恶，后断断续续又考了十多次，皆不第，史称"十上不第"。黄巢起义后，罗隐避居九华山，直到55岁方依附吴越王钱镠，谋得钱塘令、给事中等小官职。

接下来我们来看杜荀鹤。杜荀鹤约生于武宗会昌六年（846），卒于哀帝天祐三年（906），比韦庄、罗隐小了10岁左右，大致亦生活在相同的年代。懿宗咸通五年（864），杜荀鹤19岁，第一次离家入京应举，不第。他自述身世，哀伤祈求之情，颇为凄苦。乾符四年（877），32岁的杜荀鹤别家赴京求仕，在《入关因别舍弟》中说："莫愁寒族无人荐，但愿春官把卷看。天道不欺心意是，帝乡吾土一般般。"仍寄希望于天道，但希望越大失望越大，他依旧落第，东归故园时赋诗曰："上国献诗还不遇，故园经乱又空归。"失意神伤

---

① 潘慧惠校注《罗隐集校注》下，浙江古籍出版社，2011，第357页。

之情颇为凄恻。一直到大顺二年（891），46 岁时才考中进士，前后共约 27 年。

最后，我们来看郑谷。郑谷约生于大中五年（851），卒于前蜀高祖武成三年（910），和杜荀鹤年岁相仿，属于同一代人。郑谷幼聪颖，少有诗名，懿宗咸通十年（869），18 岁的郑谷在长安落第，有《曲江春草》诗："花落江堤蔟暖烟，雨余草色远相连。香轮莫辗青青破，留与愁人一醉眠。"但此时的愁，似乎只是少年遇挫的初次尝试罢了。之后则是漫长的苦旅，咸通十三年（872）春，郑谷再次长安落第；乾符二年（875），依旧落第，有诗曰"座中亦有江南客，莫向春风唱鹧鸪"（《席上贻歌者》），已经尽显落寞哀伤；其后郑谷又考了十数年，至光启三年（887），时年约 36 岁方进士及第。

纵观以上四人，所处时代大致相似，生平经历也颇为相同，皆为典型的唐末诗人，他们的仕途都不是一帆风顺的，韦庄考了 32 年，罗隐考了 29 年，杜荀鹤考了 27 年，郑谷考了 18 年，这样的数字是触目惊心的。人生苦短，韶华易逝，青壮年最意气风发、昂扬向上的数十年，全被葬送在了科举求仕的漫漫长路里。即使最终及第，也是两鬓染霜，已近暮年。在这数十年中，多次应举，频繁落第，诗人的种种心绪在诗歌中多有表露，如韦庄《癸丑年下第献新先辈》，同行高中者："千炬火中莺出谷，一声钟后鹤冲天。皆乘骏马先归去，独被羸童笑晚眠。"而自己则："对酒暂时情豁尔，见花依旧涕潸然。未酬阚泽佣书债，犹欠君平卖卜钱。何事欲休休不得，来年公道似今年。"诗人所期许的来年的公道，谁知又在何年？前路漫漫，依然要向前。在临别之际，下第者的哀伤更令人动容，如罗隐"名惭桂苑一枝绿，鲙忆松江两箸红"（《东归别常修》），杜荀鹤"年华落第老，歧路出关长"（《下第东归别友人》），郑谷"年来还未上丹梯，且著渔蓑谢故溪"（《下第退居二首》其一），等等。诗人内心的幽怨凄楚、心灰意冷，令人动容。此刻，也许只有眷眷故园之思，莼羹鲈脍、蓑笠渔翁，能够抚慰诗人受伤的心灵了。

科场的屡屡失意，导致落第诗的兴盛。唐末诗人多有落第经历，而落第后的种种失意愁苦、彷徨落寞和隐隐的心酸委屈，便直接反映在他们的诗歌作品当中。有直写年华已老，暮年将至，白发染鬓而依旧未遂一愿者，如：

难将白发期公道，不觉丹枝属别人。（罗隐《东归》）

男儿三十尚蹉跎，未遂青云一桂科。（杜荀鹤《辞郑员外入关》）

三十功名志未伸，初将文字竞通津。（司空图《榜下》）

有写桃李争发，红杏争艳，春风又至，而自己伤心依旧者：

那堪又是伤春日，把得长安落第书。（张乔《寄弟》）

芙蓉生在秋江上，不向东风怨未开。（高蟾《下第后上永崇高侍郎》）

迁来莺语虽堪听，落了杨花也怕看。但使他年遇公道，月轮长在桂珊珊。（章碣《下第有怀》）

有写他人车马煊赫，声势热烈，而自己最后只得在那些"弄权者"手中，在孑然一身的凄凉落寞中，落一个功名未遂，而心死成灰者：

千蹄万毂一枝芳，要路无媒果自伤。（韦庄《下第题青龙寺僧房》）

何必更寻无主骨，也知曾有弄权人。（罗隐《北邙山》）

鬓毛如雪心如死，犹作长安下第人。（温宪《题崇庆寺壁》）

由落第折射出的唐末诗人种种心态，不一而足，而心灰意冷则是其共同的基调。

从唐末诗人面对落第的言语态度中，我们很容易看出较之初、盛、中唐及晚唐前期诗人，他们的心态已经发生了很大的变化。他们没有了盛唐李白式"劝君还嵩丘，开酌盼庭柯"（《送于十八应四子举落第还嵩山》）的洒脱随性；也没了中唐白居易式"众目悦芳艳，松独守其贞。众耳喜郑卫，琴亦不改声。怀哉二夫子，念此无自轻"（《邓鲂、张彻落第》）的坚贞自守；甚至也没有了晚唐许浑式"孤剑北游塞，远书东出关。逢君话心曲，一醉灞陵间"（《下第别友人杨至之》）的一吐心声的豪气夹杂着悲闷的矛盾。

　　唐末诗人屡屡失意后只剩下彷徨苦闷，只有敢怒不敢言的委屈心酸。他们不仅不能像盛唐人和中唐人那样，拥有向上、向外的积极的理想愿望和强大的内心力量，来进行自我心理安慰；也不能像晚唐人那样，可以在与故人朋友的交往闲谈中寻求他人的精神慰藉。在末世动荡的险恶环境和流离无依的日日惶恐中，他们已经习惯了把所有的心绪都埋藏起来，把自己的落第和困塞归结于"时运""命运"等这些虚无缥缈的东西，并以此进行阿Q式的自我心理安慰："未遇应关命，侯门处处开。"（杜荀鹤《雪中别诗友》）而更多的时候，他们是无言的："故乡朝夕有人还，欲作家书下笔难。"（吴融《山居即事四首》其一）他们不与任何人诉说，包括自己的挚友和家人。他们习惯于把所有的情绪都掩藏起来，在踽踽独行中，在暗夜寂寥中，执一壶酒，自我沉沦，自我消化。消化不了便郁结成块，一点一点地在内心堆积起来，就这样时日长久地消沉下去。由此，他们的心态相较于中唐及晚唐前期的诗人，便内敛到了极致。

　　总之，唐末诗人大多乱世偷安，只能委屈自己来适应社会和即将到来的风雨剧变，深深压抑着自己对"成功""成名"的渴望，劝慰着自己"浮世到头须适性，男儿何必尽成功"（罗隐《东归别常修》）。在唐末风雨飘摇的社会大动荡面前，这种本来就微弱得如同萤火的希冀，随着一日日时光的流逝，一年年岁月的侵蚀，随着诗人华发满头，两鬓斑白，而最终逐渐消磨殆尽。蹭蹬科场的心灰意冷使他们对社会现实和自身功业前途感到绝望，这是导致唐末诗人心态"内敛"的最重要的情感基调之一。这种绝望的情绪，直接诱发了诗人外在功业欲望的消歇，开始更多地关注自我内心和情感世界。

## 二 沉湎于自我心性的消磨

文学史与思想史从来都是并行的。从中国古代文学思想史的发展脉络来看，儒释道三家力量的此消彼长，共同影响着各个朝代、各个时期文人的思想与创作。

就有唐一代来看，初盛唐时期，国家社会的发展处于上升阶段，虽然在位者出于抬高李唐皇室血脉的需求，积极提升道家的地位，而佛家思想也因其包容解脱深得人心，但总体而言，儒家积极入世的思想仍明显占据上风。政治清明，社会稳定，经济发展，四方来朝，人民安居乐业，四海歌舞升平。文人的思想更是以儒家教化为主，具有强烈的社会价值认同和自我价值意识，他们渴望为家国天下做出一番事业，自身也能名留青史。即便以意旨悲苦、辞藻清丽著称的刘希夷，也写过《入塞》这样的诗篇，高唱"课绩朝明主，临轩拜武威"，洋溢着强烈的建功边塞、酬谢君恩的渴望。而王维的山水田园题材诗歌中也饱含着澄净圆融的力量和昂扬向上的勃勃生机，并无厌世之感和弃世之想。他虽然一生潜心向佛，却从来没有身体力行、遁入佛家空门的想法。

中唐的安史之乱给大唐王朝带来了沉痛一击，但在君臣勠力同心之下，叛乱最终被平定，整个社会百废待兴，人们仿佛又看到了希望的曙光，心中充满了对中兴的渴望。在儒家治国平天下的高度责任感的强大惯性驱使下，诗歌作品中往往充满了批判现实的力量和中兴革新的愿望，政治上的永贞革新、文学上的古文运动蓬勃发展，诗人渴望能发挥文学尤其是诗歌反映民瘼、匡救时弊的作用，重视文学功利性的思想抬头，此时仍是儒家思想占据主流。

晚唐前期，虽然国运日衰，世道渐乱，但诗人心中依然残存着一丝幻想，一点希冀，并没有彻底绝望。他们可以在幻想中用诗歌给自己搭建一个玲珑精致的七宝楼台，在里面过着醉生梦死的生活。儒家传统诗教中所提倡的诗歌"兴、观、群、怨"的教化功用开始被削弱，诗歌创作中功利主义色彩逐渐消失，诗歌渐渐变成诗人抒发个人内心情感的工具，他们回归心灵，反映现实的成分开始减少，情感表达的部分逐渐增加。

而到了唐末，面对危如累卵的时局，诗人心中最后的一点火苗也被无情的现实浇灭了。社会价值和个人价值均无法实现，功业欲望消歇，他们很多人开始沉湎于修身养性，转而追求自我心性的完满，祈望着能在自我内心深处找到一种可供执着坚守的精神力量。文人们甚至开始对儒家积极用世的思想提出疑问，认为天下的治乱和莫测的世运相关，即使是圣人也无法改变，罗隐在《圣人理乱》中说：

> 周公之生也，天下理；仲尼之生也，天下乱。周公，圣人也，仲尼，亦圣人也。岂圣人出，天下有济不济者乎？
>
> 夫周公席文、武之教，居叔父之尊，而天又以圣人之道属之，是位胜其道，天下不得不理也。仲尼之生也，源流梗绝，周室衰替，而天以圣人之道属于旅人，是位不胜其道，天下不得不乱也。
>
> 位胜其道者，以之尊，以之显，以之跻康庄，以之致富寿。位不胜其道者，泣焉、叹焉、围焉、厄焉。
>
> 天所以达周公于理也，故相之于前；穷仲尼于乱也，

故庙之于后。①

　　而唐末便正好处于这种"位不胜其道"的环境之中，在历史的巨大车轮下，任何个人的努力都显得渺小、微茫，人们只能哀叹、哭泣，人们已经看透了儒家思想是无法救国救民于水火之中的。因为即使是孔圣人，生逢乱世，都无法做到救民，反而自己被围困，历经困厄。罗隐在《筹笔驿》中说："时来天地同借力，运去英雄不自由。"可以说这是对即便是圣人面对"时"和"运"也无法以个人之力超越的最好注解。这是天命使然，非人力可为。

　　儒家的用世之心潜藏起来之后，道家清静无为、任其自然的避世思想则活跃起来。"谁人得及庄居老，免被荣枯宠辱惊。"（罗隐《晚眺》）"取训于老氏，大辩欲讷言。"（司空图《自诫》）同时，诗人退隐山林、寺院游玩、参禅悟道，与僧人交往的事例更是不胜枚举。他们在这样的交往过程中自然受到佛家出世思想的熏陶，以自我心性的完满作为毕生的追求和目标，心态也显得更加内敛含蓄。

　　唐末诗人在对佛道思想的参悟体验中，获得了很多的人生感悟。他们渴望着能在乱世里守住自己的心灵一隅，修身养性。先不论结果是否真如其所愿，是否真正获得了自我心性的完满，在这个过程中，向外事功的名利之心的"消磨"则是必走的路：

　　　消磨世上名利心，澹若岩间一流水。（陈陶《赠野老》）

---

①　潘慧惠校注《罗隐集校注》下，浙江古籍出版社，2011，第373～374页。

浮世到头须适性，男儿何必尽成功。（罗隐《东归别常修》）

文章至竟无功业，名宦由来致苦辛。（郑谷《谷比岁受同年丈人故川守李侍郎教谕衰晏龙钟益用感叹遂以章句自贻》）

只有先把向外的事功之心"消磨殆尽"，人才能回归本心，看清内心。当他们真正做到不追求名利，也不追逐成功时，对外在的一切追求都不感兴趣，只愿守着自己的心灵，在浮荡的乱世做到"适性"即可，愿自己的内心能像岩间流水一样清澈澹然。他们深深看透了致力于文章到头来是不能实现功业愿望的，而即使为官做相也是无比辛苦的，于是才能甘于贫困，才能甘于在乡间种几亩薄田，栽几竿疏竹，在田间溪头聊以度日，这个时候才能最大程度地去贴近内心的平静安然。

以上对唐末诗人内敛心态原因作了较为全面的分析，我们发现，唐末诗人心态内敛是内外因素共同作用的结果。外部社会因素导致了末世衰亡的内在映射和畏祸避祸的人生态度，内部个人因素主要源于诗人蹭蹬科场的失意落魄以及沉湎于自我心性的消磨。

唐末诗人在与现实社会的疏离、割裂的过程中心态变得内敛含蓄，他们感叹王朝末世衰亡、社会离乱，悲慨自身命途多舛、时运不济，但更多的时候则选择眼中含泪、默默无言，把自己关闭在一方狭小的空间里自我消化、自我安慰，使"内敛"最终成为唐末诗人一种群体性的性格特征。

第三章

诗人内敛的心理色调与人生抉择

　　唐末社会时局剧烈动荡，士人面临生存和仕途的双重困境。家国之悲，仕途偃蹇，友朋离散，这种种现实，具体且深入而微地渲染并改变着他们的心理色调，并进一步影响到其人生抉择和创作心态。我们要分析唐末诗人整体偏向内敛的心态，就首先需要从心理学角度对"内敛""内倾""外倾"作一辨析，以窥见"内敛"心态发生的根源和其表述的独特性。

## 第一节　内敛与内倾、外倾

　　瑞士心理学家卡尔·荣格（Carl Gustav Jung）认为："个性差异中各种显著的特征综合起来，就构成了不同的心理类型。在这些不同的心理类型中，又有两种基本的差别和典型的心态，这就是内倾与外倾。"[1] 其中，内倾的特点是："把自我和主观心理过程放在对象和客观过程之上，或者无论如何总要坚持它对抗客观对象的阵地。因此这种态度就给予主体一种比对象更高的价值……客观对象仅仅不过是主体心理内容的外在标志。"[2] 概言之，主观认同的价值高于客观存在。而外倾的特点则是："使主体屈服于客观对象，借此客观对象就获得了更高的价值。这时候主体只具有次要的性质，主体

---

[1] 〔瑞士〕卡尔·荣格：《心理学与文学》，冯川、苏克译，生活·读书·新知三联书店，1987，第 15~16 页。
[2] 〔瑞士〕卡尔·荣格：《心理学与文学》，冯川、苏克译，生活·读书·新知三联书店，1987，第 16 页。

心理过程有时看起来只是客观事件的干扰或附属的产物。"①
与前相反，客观存在的价值高于主观认同。荣格认为，如果
一个人的兴趣和注意一般指向内部，指向自己的思想和感觉，
他的行为由主观的、个人的、内部的东西所决定，那么这个
人就属于内倾的。而唐末诗人的兴趣和注意力几乎都贯注在
自我身上，正是这种内向性的典型表现。

"内倾"和"外倾"是两种截然相反的心理类型。基于
荣格的理论，我们可以得出二者的几点根本性不同：第一，
"内倾"的关注点和聚焦点在主体（或主观心理）和自我，
而"外倾"的关注点则在客体（或客观对象）和外物；第
二，"内倾"坚持自我和主观心理与客体和客观对象的对抗态
度，关系较为紧张，"外倾"则使主体屈服于客观对象，关系
较为和谐；第三，"内倾"心理下，主体比客观对象具有更高
的价值，处于主要地位，而"外倾"心理下，主体只是客观
事物的干扰或附庸，居于次要地位。

"内敛"和"内倾"具有相似的地方：第一，二者都与
外向型相反，具有向内的指向性；第二，二者都与个人的情
感或情绪息息相关；第三，二者都会影响到人的性格和对外
界的态度。但"内敛"又具有"内倾"所不具备的其他特
性。第一，"内敛"是一种自我检束、克制的主观人为性态
度。第二，"内敛"有较为明显的界限和尺度，适度的、清醒
的"内敛"是一种精神，是内心世界情感的收缩，是内心心
性修为的结果，它也可以很活跃，具有强大的张力。内敛的

---

① 〔瑞士〕卡尔·荣格：《心理学与文学》，冯川、苏克译，生活·读书·新知三
联书店，1987，第16页。

人像磁铁一样，具有吸纳的特点，同时也具有反思能力和体验能力，最终能达到"抱元守一"，不为外物所扰的修身境界。但是，过度的"内敛"往往会走向冷漠和懦弱。第三，"内敛"既具有容纳性，又具有开放性，能够做到"完美内敛"的人拥有老子所提倡的："载营魄抱一，能无离乎？专气致柔，能如婴儿乎？"① 这种婴儿一样柔顺宁静的境界，能够使他们自由地与外界交换信息和情感，自由地感受并输出爱与知识，与周围环境融为一体，从而达到一种圆融的境界。

考虑到诗人心态自中唐、晚唐到唐末的发展变化轨迹，甚至进入宋代之后，内敛成为文人士大夫修身养性的一种人生态度和处世方式，因此，我们觉得选择"内敛"一词，来概括唐末诗人创作上的这种群体性心理，显得更为切合恰当。

## 第二节　内敛心态下的心理色调

唐末诗人"内敛"心态的心理色调，主要呈现在三个方面，即绝望、颓废和冷寂。

### 一　绝望是基调

绝望的情绪是唐末诗人"内敛"心态的基调，同时，这也是"末世心态"的主基调，其主要表现在两个方面：一是社会价值无法实现，对社会现实感到彻底绝望；二是个人自我价值无法实现，外在功业欲望消歇。绝望，既是唐末诗人

---

① 　陈鼓应注译《老子今注今译》，商务印书馆，2006，第108页。

"内敛"心态的主要成因，更是其情感基调，由内外两方面的因素共同作用导致，第二章我们已经做过详细论述，此不重复。

唐末诗人对外部社会状况和自身功业前途的绝望，涉及个人自身的前途，又主要反映在其落第诗中。一次次的下第，对士人心灵的摧折和伤害逐渐加深，从失望到绝望的过程，便得到了完整的呈现。而这种失望到绝望的情绪，又朝着自嘲自诮和淡泊名利两个方向延伸发展。

自嘲自诮是唐末诗人落第后的一个主要反应和心态特征。面对唐末科场大环境的混乱和弄权者的肆无忌惮，他们有着深深的无力感，所以便常常以自欺或自慰的心理把原因归结为时乖命蹇，时运不济，郑损在《艺堂》中说："莫怪尊前频浩叹，男儿志愿与时违。"张乔《自诮》说："只应抱璞非良玉，岂得年年不至公。"在自嘲中讽喻时事，在自诮中黯然神伤，同时给郁结苦闷的情绪找到了一个发泄的闸口：

掩耳恶闻宫妾语，低颜须向路人羞。（罗隐《感怀》）

却笑儒生把书卷，学得颜回忍饥面。（秦韬玉《贵公子行》）

自怜非达识，局促为浮名。（韩偓《离家》）

本是沧洲把钓人，无端三署接清尘。从来不解长流涕，也渡湘漓作逐臣。（吴融《自讽》）

　　动辄数十年的困顿科场，给唐末诗人带来了巨大的身心折磨，除去经济的贫困和旅途的劳顿使他们尘沙覆面、形容憔悴之外，内心的羞愧感、挫败感和自尊心、自信心被蹂躏践踏的双重打击，更是给他们的精神造成了极大的伤害。因为无法把自身失意的情绪归结到外在环境的艰险和周遭人事的变迁上，他们更多地是在自嘲自诮、自怜自伤中默默郁结，再默默消化。"壮心暗逐高歌尽，往事空因半醉来。"（韩偓《半醉》）曾经的豪情壮志在一起一落间消磨殆尽，遗落的往事烟云在半醉半醒间汹涌而来，一个"暗"字，写尽了他们以表面的平和安静掩饰内心的波涛汹涌的复杂心绪。但经历过后，心态完全不一样了，那种平静是一种死寂，是一种生命即将湮灭的灰败，是在备受打击后，不相信外界，不依靠外物，更不对外在环境抱有一丝幻想的绝望心态。

　　淡泊名利是唐末诗人落第后的又一个主要反应和心态特征。值得我们注意的是，唐末诗人的淡泊名利和后世评价魏晋时期名士们率直任诞、清俊通脱的"魏晋风度"同中有异：首先，二者均是在外部大环境的严酷逼迫下形成的；其次，表象的淡泊抑或放达的背后总是掩藏着浓浓的绝望情绪，而这种绝望的情绪源自"不再相信"，是对礼法，对社会秩序，甚至是对生命安全感的失望。阮籍曾经痛斥："汝君子之礼法，诚天下残贼、乱危、死亡之术耳！而乃目以为美行不易之道，不亦过乎！"[1] 他们不再把希望寄托于外界的一切，无欲则刚，淡泊无求。如果说魏晋时期放肆豁达的风度是"不屑于"去争，把内心的不满外化成了一种放荡的行为，那么

---

① （三国魏）阮籍：《大人先生传》，陈伯君校注《阮籍集校注》，中华书局，1987，第171页。

唐末不动声色的淡泊情怀则是"不关身"也"不关心"的直接放弃或者自我安慰。

不同的是，魏晋南北朝混乱不统一的状态持续时间之长远超唐末，在漫长的三四百年的时间里，萌芽出的文学变化、社会变革的种种充满新生力量的因素也要多于唐末。人们的乱世心态在长久的"乱"和短暂的"治"之间喘息着、沉潜着，同时积蓄着力量，最终诞生了另一个盛世王朝——大唐。而唐末灭亡到宋朝立国，仅仅相隔半个世纪，宋朝的屡弱可以说在一开始就隐忧百伏。学者们对"魏晋风度"的关注明显多于对唐末诗人"淡泊心态"的研究，但是唐末诗人这种对待名利的矛盾心态同样值得我们注意。

唐末诗人对于"名利"的态度是很微妙而复杂的，其中充满着相互交叠的矛盾和自我排解式的安慰。为了在一不小心便有性命之虞的乱世苟且偷生，他们自身或抱着远祸全身的态度逃名避利："正下搜贤诏，多君独避名。"（司空图《长安赠王注》）"兵戈如未息，名位莫相关。"（李咸用《秋兴》）或真心表达对那些渔者、隐者能够成功"逃名"的欣羡之情："谁人得及庄居老，免被荣枯宠辱惊。"（罗隐《晚眺》）"羡君独得逃名趣，身外无机任白头。"（李咸用《赠渔者》）同时，他们对名利背后所隐藏的蠢蠢欲动的巨大祸端充满着恐惧。名利对他们来说，如同隐藏了獠牙的洪水猛兽、虎豹豺狼，亲眼看到的种种惨痛祸事已经磨灭了"名利"表象的光环和对他们的诱惑力，他们宁肯安贫守拙也不愿以身犯险。

在表面看来，似乎因为懂得"天地空销骨，声名不傍身"（杜荀鹤《经青山吊李翰林》）的道理，他们把名利看得很轻很淡。在他们看来，浮生若梦，所有暂时的荣耀都抵不过时间的流逝，沧海桑田，人世变幻，所有的追逐和梦想最终都会如梦境一般破灭："贪生莫作千年计，到了都成一梦闲。"（吴融《武关》）"浮世宦名浑似梦，半生勤苦谩为文。"（徐夤《十里烟笼》）既然最终都会破灭，又何必去坚守？去执着？与其劳碌一生去追逐那些虚浮的不能依傍的浮名，不若把竿沧浪，退隐山林，来获得暂时的休歇和宁静。他们看透了生死与荣辱都是生命中变幻不定的常态，而荣宠和利禄则是最不恒定的存在："荣华忽销歇，四顾令人悲。生死与荣辱，四者乃常期。"（聂夷中《短歌》）"宠禄既非安，于吾竟何有。"（司空图《效陈拾遗子昂》）他们的态度往往是冷漠的："万般名利不关身，况待山平海变尘。"（罗邺《偶题离亭》）这些虚幻的身外之物还不如一片山林的绿荫，一泓清溪的清凉来得实在，能给他们带来慰藉。因此，他们常常会选择在山林中、在溪水畔彷徨、徘徊，消磨着时间，同时也消耗着自己的生命："消磨世上名利心，澹若岩间一流水。"（陈陶《赠野老》）并借此希望自己的心灵能清澈如水，平静如水。

　　而实际上，唐末诗人对"名利"背后所紧紧维系着的能让自己一遂宏愿、拯救天下苍生万民的仕途之路并未完全放下，这从他们在人生的青壮年阶段数十年如一日地对科举及第孜孜不倦地追求即可看出。他们对待"名利"表面上风轻云淡式的"淡泊"背后隐藏的是深深的无奈和绝望。他们或因为"无缘""无分"而不得不放下名利深隐山林："将名将利已无缘，深隐清溪拟学仙。"（徐夤《溪隐》）"不识人间巧路歧，只将端拙泥神祇。与他名利本无分，却共水云曾有期。"（李山甫《下第献所知三首》其一）或因战争未平、年华已老而不得不息了求取功名之念："兵戈如未息，名位莫相关。"（李咸用《秋兴》）"如斯名利役，争不老天涯。"（裴说《塞上曲》）这些所谓的"放下"几乎都是外在因素使然，而不是自我心底真情实意的自然流露。

唐末诗人在反复申述自己对"名利"的排斥之外，又对"名利"充满了渴求，前述罗隐的经历和诗文便是一个明证。他在咸通八年（867）自编《谗书》，揭露社会恶习，讽喻时事，虽名噪一时，却益发为统治者所厌恶，罗衮赠诗说："《谗书》虽胜一名休。"徐夤赠诗："《谗书》编就薄徒憎。"《谗书》是罗隐向世道不公投掷出的一把利剑，反过来又因之招致憎恨，刺伤了自己。关于罗隐，有"十上不第"之说，他也写了很多看似淡泊名利的诗句表达心情，如"拟把金钱赠嘉礼，不堪栖屑困名场"（《送沈先辈归送上嘉礼》），"若使浮名拘绊得，世间何处有男儿"（《题袁溪张逸人所居》），"平生意气消磨尽，甘露轩前看水流"（《秋日酬张特玄》）。但《赠妓云英》中"我未成名君未嫁，可能俱是不如人"便把半生所有堆积掩藏起来的委屈和心酸暴露无遗，而对于"成名"的迫切愿望始终蛰伏在他的内心，不曾彻底泯灭。

## 二　颓废是表象

绝望的心态反映在诗人的现实生活中，就是颓废。

唐末诗人的"颓废"表现得并不如魏晋时期的那般张扬，主要体现在两个方面：一是醉心佛道或隐居，二是耽于文字和酒色。他们在彻底的绝望中看不到希望，在日日的迷茫中找不到方向，只能选择虚掷光阴，颓废度日。

醉心佛道或隐居在唐末诗人身上表现得极其明显。唐末诗人大多戢鳞潜翼，或隐于名山大川，匿于山野林泉，或流连于清溪石畔，徘徊于寺庙道观。日常生活中的交际人群亦多为质朴淳厚的田家渔父，超脱出世的僧人道士。他们的隐居生活是相对自由的，在这一方小天地里，有风声悦耳，有白云相伴："如何不向深山里，坐拥闲云过一生。"（陆龟蒙《寒日逢僧》）有美酒浸润，有新茶共饮："醉日昔闻都下酒，何如今喜折新茶。不堪病渴仍多虑，好向瀼湖便出家。"（司空图《丑年冬》）这些大自然的馈赠是无偿的，是慷慨的，可以让他们暂时排解压力，忘却忧愁，甚至可以忘掉自己的行将老迈和日渐羸弱。清风明月不仅涤荡了他们满身的尘灰土气和社会时局的血雨腥风，同时还抚平了他们内心的恐惧感和焦灼感。他们可以闭目塞听，选择自欺欺人的方式暂时遗忘："两叶能蔽目，双豆能塞聪。理身不知道，将为天地聋。"（聂夷中《杂兴》）回归山林田野后获得的暂时平静对他们来说具有致命的吸引力，为了这一点短暂的栖息，他们宁愿一叶障目，双豆塞耳，变成茫茫天地间的聋哑之人，颓废度日。但这种颓废度日只不过是一种自欺式的逃避，正如韩愈《赠僧》所说："尽说归山避战尘，几人终肯别嚣氛。"他们身在山林原野，只不过是为了躲避战争，保全性命，几乎没有人能在这种逃避中获得真正的心灵安宁和平静。韩愈慧眼独具，可谓一针见血。

唐末诗人醉心佛道，表现在其诗歌创作中主要有以下三个方面。

首先，是与僧人、道士颇多交往游玩。退隐的时光天长日久，漫漫度日，内心的情感日积月累不得抒发。名山大川颇多寺院道观，加上皇帝崇佛，唐末僧人、道士数量非常多。由于参禅悟道的关系，他们又往往具备一定的学识和修养，除了诵经打坐外，也是长日寂寥，有大把的空闲时间可供消磨。因此，僧人，尤其是具有一定名望的诗僧，往往是退隐诗人理想的交往对象。与僧人的交往活动往往反映在他们的诗歌作品中：

> 漂荡秦吴十余载，因循犹恨识师迟。（罗隐《和禅月大师见赠》）

> 久无书去干时贵，时有僧来自故乡。（司空图《华下》）

> 是处堪闲坐，与僧行止同。（李咸用《游寺》）

> 竹院逢僧旧曾识，旋披禅衲为相迎。（唐彦谦《游清凉寺》）

> 一夏不离苍岛上，秋来频话石城南。思归瀑布声前坐，却把松枝拂旧庵。（陆龟蒙《山僧二首》其一）

> 谁知野性真天性，不扣权门扣道门。（郑谷《自遣》）

他们与僧人道士日夕相伴，谈禅论佛，这种陪伴是安全的、轻松的。僧人们的热情和学识，使他们获得内心的愉悦和满足，精神上也找到了可以倾诉并获得安慰的对象。这对身处末世，整日饱受惊吓折磨的唐末诗人来说是多么难能可贵的平静时光。

其次，是借描写山寺禅院美景来表达礼佛向道之心。寺庙禅院多位于名山大川，山清水秀、奇松怪石、流云落霞、风清月朗，与外界的战火不熄、硝烟滚滚、饿殍遍野、血流成河形成了鲜明的对比。对诗人来说，这样宁谧清幽的环境是他们梦寐以求的，其诗歌中多有描写："独立凭危阑，高低落照间。寺分一派水，僧锁半房山。"（裴说《道林寺》）"出寺只知趋内殿，闭门长似在深山。卧听秦树秋钟断，吟想荆江夕鸟还。"（郑谷《次韵和秀上人长安寺居言怀寄渚宫禅者》）对他们来说，寺院道观的高墙和大门隔开的是两个截然不同的世界，他们没有勇气再一次走出山门迎接尘世的狂风骤雨，更不愿再踏足万丈红尘，让稍微平复的脆弱心灵再一次经历暴风雨的摧折洗礼。

最后，是通过诗歌作品抒写自己在与僧人交往中，在问禅礼佛中所得到的人生体悟。儒家的入世法则在唐末乱世已经很难再行得通，在现实面前，唐末诗人无论是生存空间还是志向理想，都只能一退再退。他们对社会现状和自我的人生遭际都产生了空前的怀疑，他们潜意识里希望能在参禅问道中，在佛禅经卷中找到一个解答："名应不朽轻仙骨，理到忘机近佛心。"（司空图《山中》）"蒙庄弟子相看笑，何事空门亦有关。"（陆龟蒙《访僧不遇》）"不计禅兼律，终须入悟门。"（杜荀鹤《赠临上人》）唐末诗人对佛禅的感悟是求解式的，他们希望能在问禅讲道中找到一个拯救苍生万民的良方。即使退而求其次，最起码也要找到一个能安放自己凄惶灵魂的净土，而这种带有目的性的行为方式注定了他们最后得到的只能是"无言以答"。

唐末诗人对于隐居和佛禅的向往心态，实际上是一种逃避和颓废，与盛唐以"诗佛"王维为代表的诗人心态有着明显的区别。礼佛问道，对于盛唐以王维为代表的诗人来说，是一种纯粹的兴趣爱好和人生至真至纯的理想生存状态，所以他们的诗歌作品经过佛禅的熏陶，在静寂中蕴含着昂扬勃发的生命力。从王维的《辛夷坞》"木末芙蓉花，山中发红萼。涧户寂无人，纷纷开且落"中，我们读出来的是天地万籁俱寂中不灭不息的向上的力量。诗人内心充满了纯正光明的能量，这种内心的强大不会因为外界环境的冷落静寂而受到影响，不困于心，不役于物，是自由自在却又柔软宏大的。而对于唐末诗人来说，或是为了逃避现实，保全自身；或是为了安慰内心，排解孤寂；或是为了解疑解惑，寻求答案。无论哪一个，他们都是带有目的性的，佛禅寺院对他们来说，是一根救命稻草。他们即使不能在这里获得拯救万民的灵丹妙药，也至少可以全身保命，暂时得到心灵的慰藉和平静，这已是他们最大的所求了。

耽于文字和酒色是唐末诗人"颓废"的另一个重要表现。对于诗人来说，除了山林寺庙外，退回到自己日常狭小的生活圈子后，能经常接触到的，能自我掌控的也只有手边的诗书美酒和身边的娇妻美妾。

诗，是唐末诗人的首要选择。唐末诗人对于"以诗垂名"有着狂热的追求，这在很大程度上是对家国天下和自身功业前途彻底绝望后的一种"目标性转移"。他们已没有可能顺利地通过科举应试这条路取得功名，青云直上，从而成就一番事业，施展人生抱负；但是功名欲望的消歇并不代表诗人内心对于"垂名"热望的消歇，此消彼长，这种"以诗垂名"

的欲望反而更加强烈。诗书对于他们来说，除了是一种日常生活的消遣和精神世界的陪伴之外，更负担了"垂名"的重任："官路虽非远，诗名要且闻。"（裴说《秋日送河北从事》）所以唐末诗人对待作诗这件事有着孜孜不倦的追求和严谨慎重的态度。

首先，便是唐末诗人勤奋而慎重的作诗态度。唐末诗人对待作诗这件事情是十分勤奋努力的，杜荀鹤便是一个典型，他勤勤恳恳，日夜不辍："鬓白只应秋炼句，眼昏多为夜抄书。"（《闲居书事》）羁旅不废："旅中无废业，时作一篇诗。"（《送舍弟》）兵戈不断："分应天与吟诗老，如此兵戈不废诗。"（《酬张员外见寄》）一日都不曾停歇："乍可百年无称意，难教一日不吟诗。"（《秋日闲居寄先达》）"此心闲未得，到处被诗磨。"（《泗上客思》）与之类似的其他诗人如吴融，甚至已经达到了宁肯不吃饭也不忘作诗的境地："永日应无食，经宵必有诗。"（《雪中寄卢延让秀才》）郑谷也有诗句云："夜夜冥搜苦，那能鬓不衰。"（《寄膳部李郎中昌符》）唐末诗人对待作诗的态度是十分谨慎的："他夜松堂宿，论诗更入微。"（郑谷《喜秀上人相访》）"早晚还相见，论诗更及微。"（许彬《送苏处士归西山》）"吟安一个字，撚断数茎须。"（卢延让《苦吟》）诗句的好坏对他们来说，有着极其重大的意义，诗歌是他们在能力范围内，通过自身努力可以掌握的"垂名"的工具："争名岂在更搜奇，不朽才消一句诗。"（司空图《争名》）诗歌对他们来说具有极大的魅力，一句诗可以让他们"不朽"。为了求得一句新诗或奇句，他们日夜琢磨、苦心经营、辗转反侧、夜不能寐。

其次，是得到新诗佳句后的狂喜心态。诗，是他们闲居生活中的陪伴和益友："生事罢求名与利，一窗书策是年支。"
（徐夤《北园》）是消遣，是慰藉："郊居谢名利，何事最相
亲。渐与论诗久，皆知得句新。"（司空图《华下送文浦》）
他们对作诗是由衷喜爱的："到阙不求紫，归山只爱诗。"
（吴融《寄尚颜师》）苦心为诗的态度和付出的巨大精力，
让他们在得到佳句后内心充满了狂喜：

> 相寻喜可知，放锡便论诗。（郑谷《赠尚颜上人》）
>
> 相门相客应相笑，得句胜于得好官。（郑谷《静吟》）
>
> 为诗我语涩，喜此得终篇。（杜荀鹤《题江山寺》）
>
> 世间何事好，最好莫过诗。（杜荀鹤《苦吟》）

他们相信诗歌可以支撑起他们备受现实打击的摇摇欲坠
的梦想和抱负，仕途的险恶和宦海的流离，使他们甚至已经
放弃了以诗干谒求取功名。在以诗行卷干谒的过程中，诗歌
相当于工具和敲门砖，而到了唐末诗人这里，"以诗垂名"所
赋予诗歌的，是诗人最后的一点虚无的梦想。他们把全部的
热情都孤注一掷地投入其中，期望能在历史的长卷上书写下
属于自己的一页。

除了诗以外，酒和色是唐末诗人另外两个可供发泄情绪
的途径。

"酒"又和"醉"常常联系在一起，唐末诗人有着魏晋
名士们同样的以酒浇愁的苦闷和惆怅，却没有了魏晋名士们
的豁达洒脱和狂放任诞。他们更多的只是通过酒来麻痹自己，

暂时抛开所有的痛苦和烦恼，在烂醉中投入一片虚无和混沌当中，完全蜷缩回自己的狭小天地里，对外界不管不问，不理不睬：

> 溪光何以报，只有醉和吟。（郑谷《郊园》）

> 谁能续高兴，醉死一千杯。（许彬《经李翰林庐山屏风叠所居》）

> 不是不能判酩酊，却忧前路醉醒时。（韦庄《离筵诉酒》）

> 异乡一笑因酣醉，忘却愁来鬓发斑。（唐彦谦《兴元沈氏庄》）

诗人在醒着的时候要忧前路、叹不遇、惧丧乱、悲离别，只有在醉中，才能忘掉一切。在大醉中，晨光过去，暮色流逝，岁月消磨，年华已老。酒，是能够逃避的工具；醉，是可以忘却的状态。唐末诗人在醉生梦死间消磨掉了最后的一点希冀，走向了彻底颓废的深渊。

对美色的沉迷导致艳情诗的兴盛，用诗歌来细致刻画爱情，成为唐末诗人内心情怀的又一个重要寄托。相较于晚唐时期的李商隐等前辈诗人的艳情诗注重对情爱和内心感受的抒写而言，唐末诗人的艳情诗则充满着浓厚的脂粉气和明显的性爱意识，夹杂着浓郁的男女情色和欢爱欲念，以韩偓《香奁集》为代表的摹写艳情的诗歌颇为引人瞩目。韩偓的《五更》：“往年曾约郁金床，半夜潜身入洞房。怀里不知金钿落，暗中唯觉绣鞋香。此时欲别魂俱断，自后相逢眼更狂。光景旋消惆怅在，一生赢得是凄凉。"裴虔余的《柳枝词咏篙水溅妓衣》、方干的《赠美人四首》、崔道融的《铜雀妓》二首、曹邺的《长相思》、罗虬的《比红儿诗》百首等，在弥漫着香风艳雾的闺阁小楼中，在倚红偎翠的亭台楼榭间，尽管不符合儒家温柔敦厚的诗歌教化，他们还是把诗歌写得旖旎香艳，风流婉转。但凡乱世，上层阶级往往大开声色，追求享乐唯恐不及，感官式的强烈刺激带给人的是强烈的颓废和消沉。

### 三　冷寂是底色

冷寂，是唐末诗歌呈现出的底色。其主要反映在两个方面，一是唐末诗人对现实社会和人生呈现出的漠不关心的冷淡态度，二是诗歌创作中对清冷幽寂的山林景色和冷色调的偏爱。

唐末诗人在社会现实中遭遇内外双重打击，朝不保夕的威胁使他们对社会现实持较为冷漠的态度，这不仅表现在上述视名利为缰绳锁链，只愿逃脱名缰利锁的羁绊上，还表现在他们由现实的巨大无力感而产生的挫败感上，并因此过度关注自身，无限制地放大自身的悲惨遭际和人生痛苦。杜甫在面对战乱，面对社会的动荡、家破人亡，"入门闻号啕，幼子饿已卒"（《自京赴奉先县咏怀五百字》）的悲惨遭际下，仍能心系君主，牵挂苍生百姓。这份在极端环境下仍仁民爱物的博大深厚的情怀，在唐末诗人身上几乎已经看不到了。

唐末诗人由于逃回了自己狭小的生活圈子，躲进了山林田园中，故而对清冷幽寂的自然景物颇多偏爱之情。他们在诗中多写"山林""疏雨""白鸟""芭蕉"，颜色词的选择上偏爱"青""白""黛""翠"等，如周朴"平潮晚影沉清底，远岳危栏等翠尖"（《海录碎事》），郑谷"白鸟窥渔网，青帘认酒家"（《旅寓洛南村舍》），韩偓"唯对松篁听刻漏，更无尘土翳虚空"（《雨后月中玉堂闲坐》）等。这里似乎不染纤尘，是末世战火中唯一的清静所在。"这里确乎是一个理想的休息场所，让感情与思想都睡去，只感官张着眼睛往有清凉色调的地带涉猎去。"[①] 诚然，上述绝望、颓废和冷寂，并不能代表唐末诗人心态的全部，他们在与诗僧的交往中，在清幽的山林里，也偶有短暂开怀的时刻，偶有对美好事物的沉醉和欣赏，有清丽悠闲的作品存在，但我们关注的是唐末诗人心态的主导部分，极少数的特别个案并不会与主流心态产生对抗和冲突。

## 第三节　内敛心态下的人生抉择

### 一　退：妥协

退，是一种儒家特质，是圆融通达的智慧，面对强大的不可抗拒的外界因素，因自身力量弱小而无法与之抗衡的时候，除了极个别者如伯夷、叔齐宁肯饿死也不食周粟的"保节守志"之外，儒家温柔敦厚的思想教化往往不会提倡走玉石俱焚的极端，而是引导士子选择"天下有道则见，无道则隐"[②] 的"中庸之道"。他们把乱世"隐退"看成一种较为

---

① 闻一多：《唐诗杂论》，上海古籍出版社，2006，第35页。
② （宋）朱熹：《四书章句集注》，中华书局，1983，第106页。

温和的坚守内心的选择和修行，目的是给乱后的新世界保存重生的力量，认为这是"智者"才能做出的选择。朱熹也在注解中说："天下，举一世而言。无道，则隐其身而不见也。此惟笃信好学，守死善道者能之。"儒家对于个人生命是尊重的，他们不提倡个人英雄主义，即为了所谓的"善道"而白白送死："守死而不足以善其道，则亦徒死而已。"① 认为那是得不偿失的固执愚蠢之人的选择。进退知时，进退有时，笃信善道，圆融变通，才是儒家所提倡的末世处世法则。

而对唐末诗人来说，对家国天下和功业前途彻底绝望后的"退"，则是一种无可奈何的选择："季鹰可是思鲈鲙，引退知时自古难。"（郑谷《舟行》）"乐退安贫知是分，成家报国亦何惭。"（司空图《漫书》）乱世选择隐退是一种智慧，对于唐末诗人来说，尤为如此。似乎唐王朝的时运走到了这里，也到了该隐退的时候，悖运而生的他们，开局便是谢幕。闻一多说："初唐的华贵，盛唐的壮丽，以及最近十才子的秀媚，都已腻味了，而且容易引起一种幻灭感。他们需要一点清凉，甚至一点酸涩来换换口味。在多年的热情与感伤中，他们的感情也疲乏了。现在他们要休息。他们所熟习的禅宗与老庄思想也这样开导他们。孟郊、白居易鼓励他们再前进。眼看见前进也是枉然，不要说他们早已声嘶力竭，况且有时在理论上就释道二家的立场说，他们还觉得'退'才是正当办法。"② 他们并无别的路可选择。

唐末大部分诗人都有退隐的经历，自咸通往后，史书明

---

① （宋）朱熹：《四书章句集注》，中华书局，1983，第106页。
② 闻一多：《唐诗杂论》，上海古籍出版社，2006，第35页。

确记载的有退隐经历的诗人比比皆是。咸通元年（860）前后，王季文登进士第，授秘书郎，寻谢病辞归九华山隐居，有《九华山谣》，神僧颖有诗和之。同年前后，34 岁的陆希声离开商州刺史郑愚幕，隐居于义兴，后自称君阳遁叟，有《君阳遁叟山居记》，抒发隐退的心曲："为问前时金马客，此焉还作少微星。不是幽栖矫性灵，从来无意在膻腥。满川风物供高枕，四合云山借画屏。五鹿归来惊岳岳，孤鸿飞去入冥冥。君阳遁叟何为乐，一炷清香两卷经。"咸通五年（864），方干约 55 岁，仍隐居于会稽镜湖，文士多有题赠。咸通九年（868），李频约 55 岁，此时侯温出刺睦州，频与之游，且赋诗送行，诗中流露弃官归隐之意。咸通、乾符年间，40 多岁的韦庄已隐居虢州乡村多年，作《三堂早春》描绘村居生活。乾符六年（879），34 岁的杜荀鹤移家山居，住长林山中，作《乱后山居》"从乱移家拟傍山，今来方办买山钱。九州有路休为客，百岁无愁即是仙。野叟并田锄暮雨，溪禽同石立寒烟。他人似我还应少，如此安贫亦荷天"以及《乱后归山》"乱世归山谷，征鼙喜不闻。诗书犹满架，弟侄未为军。山犬眠红叶，樵童唱白云。此心非此志，终拟致明君"等同题歌诗。奇特的是，以上这两首同样题材的诗歌，一退一进，表达的情致却自相矛盾。同年，曹松感于战乱，避乱隐居洪州西山，赋《己亥岁二首》，其中有"凭君莫话封侯事，一将功成万骨枯"，仅此一句，成就了他永世的诗名。此年前后，唐彦谦避乱隐居于汉南鹿门山，以著述为任，自号鹿门先生。中和元年（881），罗隐约 49 岁，仍隐居于池州；贯休避乱于山寺。中和二年（882），僧处默隐居于庐山，罗隐有诗赠之。光启三年（887），司空图感慨世乱，遂退隐中条山王官谷别墅。[1] 如此种种退隐事迹，不一而足。

唐末诗人的"退"，是对无力扭转现实的一种妥协。他们在经历了种种生命体验之后，对现实有着清醒的认识，时刻不忘告诫自己在这样的乱世该怎样处世：要隐忍守拙，"忍事敌灾星"（司空图《困学纪闻》）；要进退知时，"达即匡邦退即耕，是非何足挠平生"（崔涂《夏日书怀寄道友》）；要自我安慰，"只此无心便无事，避人何必武陵源"（吴融《偶书》）。只有这样，才能获得内心的平衡和宁静。

唐末诗人在妥协中似乎很容易获得心灵上的满足，无事即是好的："绝粒看经香一炷，心知无事即长生。"（韩偓《秋村》）安稳也是好的："金印碧幢如见问，一生安稳是长闲。"（崔涂《泛楚江》）世事的艰难和自我心理满足的对比常常出现在他们的诗歌作品当中，罗隐的《京口见李侍郎》"别来且喜身俱健，乱后休悲业尽贫"，李咸用的《山居》"难世投谁是，清贫且自安"，吴融的《寓言》"非明非暗朦朦月，不暖不寒慢慢风。独卧空床好天气，平生闲事到心中"，杜荀鹤的《和友人见题山居》"有景供吟且如此，算来何必躁于名"，如此等等，都是这种心态的反映。世道丧乱的时候他们会安慰自己窃喜身体康健；家业一空的时候他们会告诉自己还有清酒可润舌，有山僧可与闲话。住的虽然是茅草小屋，但是有书一架相伴，窗外还有修竹千竿。虽没有高山流水的知音，但对月长弹的欢愉亦可聊以自娱。甚至好的天气都能让他们心中感到宽慰，月色朦朦胧胧，不明不暗刚刚好，清风徐徐慢慢，不暖不寒也刚刚好。开门有晓云连地

---

[1]　参见傅璇琮、吴在庆《新编唐五代文学编年史·晚唐卷》，辽海出版社，2012。

和自己相伴，出门有秋月满山为小路照明，庭前有树，屋后有泉。他们总能在妥协中找到一条退路，在清贫的日子里找到一点可以安慰内心的东西。

## 二　守：自适

守，是唐末诗人对外界彻底绝望后心态内敛的又一重要表现。他们以坚韧的毅力守护着自己的内心，静静地观望，默默地等候，等待着最艰难时刻的过去："守愚不觉世途险，无事始知春日长。"（韩偓《守愚》）"皎日还应知守道，平生自信解甘贫。"（郑谷《谷比岁受同年丈人故川守李侍郎教谕衰晏龙钟益用感叹遂以章句自贻》）他们努力把外在社会状况对自身心态的影响降到最低，返归自我内心寻求一种淡泊自适的精神慰藉，甚至寄希望于乱世过后大唐王朝能够再次获得中兴，因而暂且守着自己的内心等待，等待"中兴"的时候再度出山，另有一番作为。其中最为矛盾的、最为"天真"的、用世之心最为强烈的，非我们前文所论杜荀鹤莫属，其《乱后山中作》曰："自从天下乱，日晚别庭闱。兄弟团圆乐，羁孤远近归。文章甘世薄，耕种喜山肥。直待中兴后，方应出隐扉。"这种或自欺，或妥协的人生态度，注定了留在诗人心底的，是浓浓的感伤。他们难道没有预感到大唐王朝已经走向穷途了吗？或许是真，曾经的安史之乱不也被平定了吗？亦或许是幻，但如果没有这一点希望，漫长的余生该靠着什么信念继续支撑下去呢？

唐末诗人选择在山林田园中竭力忘忧自适，在松竹棋局中自我疗伤、自我陶醉。以司空图为代表的诗人竭力追求一种淡泊宁静的诗歌境界，诗中多写美景，对自己的生活状态表面上表现得极为安然知足："昏旦松轩下，怡然对一瓢。"（司空图《下方》）"欹枕卷帘江万里，舟人不语满帆风。"（韩偓《使风》）事实上隐藏在其后的则是深深的落寞和感伤："思量少壮不自乐，他日白头空叹吁。"（李建勋《惜花寄孙员外》）少年不乐，白首空叹，还有比这更令人伤心的吗？

诗歌作品反映的是诗人的心态和情感，而诗人的心态和情感又与时代社会紧密相连，"在中国诗歌史上，诗文尚清静淡泊，大抵见于一个王朝将近黄昏之际"[①]。唐末诗人身处乱世，是不可能摆脱乱世时局的影响而获得彻底的内心宁静的。丹纳在《艺术哲学》中对艺术创作与时代社会的关系有精辟的分析，他说：

> 悲伤既是时代的特征，他在事物中看到的当然是悲伤。……在悲伤的时代，周围的人在精神上能给他哪一类的暗示呢？只有悲伤的暗示；因为所有的人心思都用在这方面。他们的经验只限于痛苦的感觉和感情，他们所注意的微妙的地方，或者有所发现，也只限于痛苦方面。[②]

在时代的大势面前，个人终归是渺小的，无可逃离的。而许总在分析唐末诗人这种着意追求淡泊心境的诗歌创作心态时，也有极为精到的论述："大量诗人处在乱离的社会环境

---

① 欧海龙：《灵魂的悸动与嬗变——从唐宋诗之别看宋初士人文化心态》，《中国文学研究》1999 年第 1 期，第 31 页。
② 〔法〕H. 丹纳：《艺术哲学》，傅雷译，生活·读书·新知三联书店，2016，第 47~48 页。

之中，与其艰辛困厄的生存状况恰成鲜明对比，着意追寻一种平静淡泊的精神境界，以获取心理的补偿与情感的托付。不过，由于这种淡泊的精神世界完全建构于避世心理祈向及其与外在现实世界的巨大反差基础之上，因而也就与唐诗史上以王、孟为最高程度体现的隐逸趣味、淡泊诗境显出深刻的差异，更多地表现出与贾岛、姚合为标志的寒狭视界的相似。"① 这种与贾岛、姚合相似的，显得刻意为之的淡泊宁静，是一种明知不可为而为之的强求。以司空图为代表的唐末诗人在自己本就狭小的生活圈子里，又画了一个圈，然后钻了进去，似乎这样就找到了内心的淡泊宁静。这种自欺欺人式的做法，时而平静时而痛苦地不断拉扯，带给他们的只能是清醒后加倍的虚空和感伤。

唐末诗人身处乱世，其生存状态和惶恐心境可用陆龟蒙《惜花》中的两句来形容："其间风雨至，旦夕旋为尘。"在风雨飘摇的现实面前，不管是个人生命，还是个体悲欢，都显得那么渺小无力，微不足道。然而，在社会价值和个人价值均无法实现时，他们仍然或退，或守，执着地选择以不同的方式和表现坚守着文人心灵的最后一隅。

由此，我们可以得出结论，唐末诗人内敛性的创作心态主要是指，文人对外部社会现实和自身前途功业感到绝望后，在日常生活中迷茫颓废，并竭力返归自我内心，寻求另一种内向性的精神寄托和情感诉求的一种心理状态，并在这一过程中有意或无意地思索如何对待人生，如何去安顿对外部世界感到失落后内心痛苦的精神世界。

---

① 许总：《论唐末社会心理与诗风走向》，《社会科学战线》1997 年第 1 期，第 129 页。

第四章

# 内敛心态下唐末诗歌的主题变调

诗风的正变与世运丕变相关。从盛唐走向唐末，数百年间，大唐盛世的恢宏气象几乎已经消磨殆尽，面对风雨飘摇的末世王朝和无力改变的残酷现实，唐末诗人内心更多的是凄惶、无助和恐惧、绝望。向上、向外的一切力量都变得萎缩，唐末诗人情感收缩，心态内敛，表现为不同诗歌题材上的情感"变调"，便呈现出了典型的"末世情结"和不同于前代的独特个性特征。

## 第一节　绝望悲悯的边塞战争、忧国伤时诗

边塞战争、忧国伤时一直是贯穿整个初唐至唐末诗人诗歌创作的重要题材，但在唐朝不同的历史阶段呈现出了不同的时代特征。简而言之，初盛唐诗人心中充满了对建功立业、报答君恩的渴望，以豪侠任气、慷慨激昂的精神基调为主。中唐诗人虽经安史之乱的打击略显消沉，但心中仍充满了中兴的希冀和匡救时弊的热情。晚唐诗人面对积弊难返的社会现状，从现实世界回归心灵世界，显得感伤落寞、缠绵哀婉。到了唐末，社会动乱，战争频仍，到处是一片末世颓败之象，诗人心中只有对国家现实的彻底绝望和对天下苍生的沉痛悲悯。

我们以初盛唐的边塞战争题材类诗歌作为比较对象。

首先，初盛唐边塞战争题材的诗歌中充满了昂扬向上的力量、忠君报国的热望和求取战功的欲望，如骆宾王《从军行》"不求生入塞，唯当死报君"，王翰《凉州曲》"醉卧沙场君莫笑，古来征战几人回"，刘希夷《入塞》"课绩朝明

主，临轩拜武威"，王维《从军行》"尽系名王颈，归来献天子"，等等，不一而足。这种昂扬向上的诗歌风貌的出现，一方面是由于初盛唐国力强盛，政治清明，君主英明睿智，臣下尽职尽责，普通将士一战成名，封侯拜相者颇多，文人们自然也渴望能够摆脱"百无一用是书生"的尴尬身份，仗剑疆场，报效君恩："宁为百夫长，胜作一书生。"（杨炯《从军行》）渴望能够凭借战功题名凌烟阁，一展抱负，青史留名。另一方面，初盛唐社会政治清明，四海归心，李颀在《野老曝背》中描绘当时社会生民的生活状况是："百岁老翁不种田，惟知曝背乐残年。有时扪虱独搔首，目送归鸿篱下眠。"一派悠然安乐之状，为了守护这样国泰民安的祥和画面，人们即使知道边庭生活艰难，日子苦辛，也甘愿前往，且无悔无怨："孰知不向边庭苦，纵死犹闻侠骨香。"（王维《少年行四首》其二）战争虽然是残酷的，但不论是参与者还是评论者，他们内心对战争积极意义的认同感是一致的。

其次，初盛唐边塞战争类题材的诗歌中呈现出了诗人强烈的个人自尊心、责任感和国家、社会荣辱意识。他们自觉地把自己当作国家和社会的主人翁，真正做到了把家国天下的荣辱得失系于一身。王维在《送刘司直赴安西》中殷殷叮嘱友人说："当令外国惧，不敢觅和亲。"和亲是耻辱的、懦弱的，一个国家只有在实力雄厚，生民安乐的时候，人们才会以生在这样的国家和时代为荣，心中充满着渴望保卫疆国，维护这一方安定祥和的社会局面的强烈欲望。而这种欲望在诗歌中表现出来往往是向外的、向上的、积极的、充满力量的，他们的感情真挚自然，情绪昂扬激烈。如王维在《送张判官赴河西》中说："慷慨倚长剑，高歌一送君。"完全是自我心绪的自然流露。

最后，初盛唐边塞战争题材的诗歌创作还呈现出诗人数量多，作品数量多，且成就较高，精神气质昂扬向上的特征，像《从军行》《入塞》《出塞》这样题目的诗歌作品颇为常见，除了高适、岑参、王昌龄、李颀等以边塞战争题材诗歌著称的诗人外，连王维、刘希夷这样以诗风空灵澄净、意境柔婉缠绵而享誉的诗人也有气势雄浑、豪侠任气的边塞战争类题材的诗歌作品呈现，如王维的《从军行》《出塞作》，刘希夷的《入塞》等。

唐末边塞战争类题材诗歌，明显不同于初盛唐，多衰败之象而少昂扬之气，多流离之苦而少报效之心，多生民之痛而少百姓之乐，多伤心之语而少欢快之辞，呈现出的是深深的恐惧绝望、悲悯伤悼。

唐末边塞战争、忧国伤时类题材的诗歌侧重点也和初盛唐有所不同，由于内乱远远大过边患，诗人在奔避流亡中感受最多的乃是国家的动荡离乱，因此唐末以《从军行》《入塞》《出塞》等为题的边塞类题材诗歌不多，而描写内乱不断、战争频仍、生民疾苦的忧国伤时之作则数量大增。在这类题材的诗歌作品中，恐惧绝望是最为明显的时代情绪之一。"乱""叛乱""兵寇"是唐末这类题材诗歌作品的题目中常见的字眼，裴说有《乱中偷路入故乡》，司空图有《乱后》《避乱》，韩偓有《伤乱》《乱后春日途经野塘》，杜荀鹤有《旅泊遇郡中叛乱示同志》《将入关安陆遇兵寇》，等等。诗人常在诗中描写当时战乱给家国社会带来的整体性破坏，如"遍搜宝货无藏处，乱杀平人不怕天"（杜荀鹤《旅泊遇郡中叛乱示同志》）、"一国半为亡国烬，数城俱作古城空"（裴说《乱中偷路入故乡》）、"瓜沙旧戍犹传檄，吴楚新春已废耕"（崔涂《己亥岁感事》），从这些诗句中我们所能看到的是支离破碎、妖邪横行的山河，纲纪全无、杀人如麻的乱兵，白骨曝野、血流成河的画面……战争带来的巨大伤害不仅摧残着他们的身体，更折磨着他们的灵魂，恐惧绝望成为深深植根于唐末诗人心中的巨大阴影。

写下千古名句"可怜无定河边骨，犹是春闺梦里人"的陈陶，另有《水调词十首》，我们试析之：

### 其一

黠虏迢迢未肯和，五陵年少重横戈。谁家不结空闺恨，玉箸阑干妾最多。

### 其二

羽管慵调怨别离，西园新月伴愁眉。容华不分随年去，独有妆楼明镜知。

### 其三

忆饯良人玉塞行，梨花三见换啼莺。边场岂得胜闺阁，莫逞雕弓过一生。

### 其四

惆怅江南早雁飞，年年辛苦寄寒衣。征人岂不思乡国，只是皇恩未放归。

### 其五

水阁莲开燕引雏，朝朝攀折望金吾。闻道碛西春不到，花时还忆故园无。

### 其六

自从清野戍辽东，舞袖香销罗幌空。几度长安发梅柳，节旄零落不成功。

### 其七

长夜孤眠倦锦衾，秦楼霜月苦边心。征衣一倍装绵厚，犹虑交河雪冻深。

### 其八

瀚海长征古别离，华山归马是何时。仍闻万乘尊犹屈，装束千娇嫁郅支。

### 其九

沙塞依稀落日边，寒宵魂梦怯山川。离居渐觉笙歌懒，君逐嫖姚已十年。

### 其十

万里轮台音信稀，传闻移帐护金微。会须麟阁留踪迹，不斩天骄莫议归。

同样是通过女性的视角反映战争，"可怜无定河边骨"作为名句，凝练得像一把利刃，直刺腹心。而《水调词》则像一幕幕话剧和电影画面，把故事情节展演开来。第一首交代背景，少年为国征战，少妇空闺结恨。第二首紧接上首，写别后深闺少妇的"遗恨"，慵懒哀怨，无心梳妆，徒待年华老去。第三首回忆别时情形，倏忽间三载已逝，少妇对远在战场的良人发出了心底的呼喊：边场哪里比得过深闺的快乐，不要逞强陪伴着雕弓虚度一生！第四首借北飞的鸿雁和年年寄往边关的寒衣表达思念之情，同时给上一首良人经年不归寻找借口，不是不想归家，而是皇恩未准归家。第五首又是一年春至，莲开燕来，困于闺中的少妇朝朝登高，攀折新嫩的柳枝，等待着"金吾子"的归来，同时反转视角，想象着听人言说春天可能也到不了荒凉的碛西，那么，开花的时节，心中的良人可否会回忆想念故乡和故乡的人呢？第六首揽入对时局的担忧，自从朝廷坚壁清野，戍守辽东，过去的歌舞升平早已成空，长安梅柳几度开了又落，但是依然没有胜利的消息传来，闺中之人心里也是深深的隐忧，自己的丈夫是否还活着呢？第七首写因深重的担忧而孤枕难眠，秦楼中人望着冷月，想象着边地的寒苦和雪深冰厚，又往寄去边地的寒衣中增加了一倍的棉絮。第八首自我宽解，因征战造成的别离自古有之，只是丈夫何时才能归来呢？最新传来的消息是皇帝忍受屈辱，已经打量着送女子去和亲了，那么战场的消息，大概也是不好的吧。第九首写梦中见到边塞黄沙连天，日落萧条，令人生怯，和丈夫一别不觉已是十年，笙歌懒奏，琴弦蒙尘。最后一首写万里之遥的边塞传来的消息越来越少，听说仅剩的军士都被调拨去护卫皇帝的金帐了，战事依然让人担忧，大概没有胜利的消息良人是不会被放归的吧。

唐末诗人除了战争带来的殷忧绝望外，在忧国伤时类题材的诗歌作品中，悲悯伤悼成为另一种主要的情感指向。极度的绝望情绪有时反而会衍生出巨大的悲悯情怀。面对剧烈动荡的社会现实，普通百姓大多家破人亡、流离失所，诗人们耳闻目睹生民疾苦，触景生情，心中自然有所感怀，杜荀鹤在《山中寡妇》中描述其生存困境："夫因兵死守蓬茅，麻苎衣衫鬓发焦。桑柘废来犹纳税，田园荒后尚征苗。时挑野菜和根煮，旋斫生柴带叶烧。任是深山更深处，也应无计避征徭。"对于山中的寡妇而言，战争已经夺去了她丈夫的生命，自己蓬头垢面，无计为生，桑麻未成，田园荒芜，已然十分艰难，但此时依然有来纳税、征苗的酷吏，自己只能靠野菜和树根果腹，捡来枯树枝烧火，即使是逃到深山的最深处，也无法避免征税征徭的逼迫。而《乱后逢村叟》中描写得更是有过之而无不及："经乱衰翁居破村，村中何事不伤魂。因供寨木无桑柘，为著乡兵绝子孙。还似平宁征赋税，未尝州县略安存。至今鸡犬皆星散，日落前山独倚门。"这些诗作都是对挣扎于末世丧乱中的典型人物形象的细致刻画，无论是寡妇，还是村叟，都是一样的形容憔悴，无所依靠，此时，李颀《野老曝背》、杜甫《忆昔》中那样安闲祥和、富足安康的画面，如同镜花水月一样再也不可能出现了。

除了焦点式的关注和刻画外，还有诸多诗人从整体性的视角出发，在诗歌作品中对亲眼所见的残酷社会现实进行描写。韩偓《自沙县抵龙溪县值泉州军过后村落皆空因有一绝》说："千村万落如寒食，不见人烟空见花。"钱珝《江行无题一百首其四十三》说："兵火有余烬，贫村才数家。"唐彦谦《毗陵道中》说："禾麻地废生边气，草木春寒起战声。"郑谷《中秋》说："乱兵何日息，故老几人全？"崔涂《途中秋晚送友人归江南》说："里巷半空兵过后，水云初冷雁来时。"这样的诗句从宏观和整体的视角，给我们展示出了一个末世全景，频繁的战乱致使人口锐减，生气全无，不闻鸡犬声，但见鸣鸦影，本该熙熙攘攘、你来我往的渡口清冷寂寥，本该禾麻遍地、欣欣向荣的农田荒草丛生，整个社会呈现出一派衰飒颓败之象。面对这样的情景，诗人心中感怀，自然伤情无限："西北乡关近帝京，烟尘一片正伤情。愁看地色连空色，静听歌声似哭声。"（司空图《渐上》）生逢乱世，唐末诗人把内心深处的痛楚反映在诗歌作品中，以长歌当哭的方式，痛悼一个曾经繁盛强大的王朝走向崩塌的最后时刻。

## 第二节　孤寂自怜的羁旅行役、身世感怀诗

羁旅行役、身世感怀是唐末诗歌中常见的题材。旅途之中所见天地苍茫，而诗人往往孑然一身，易感多思，所见所闻、所思所感常常化作诗歌作品，一一流露。再加上唐末乱世、末世的独特社会环境，这类题材的诗作中往往充斥着羁旅行役之叹，身世感怀之悲，较多温庭筠"鸡声茅店月，人迹板桥霜"（《商山早行》）式的清冷孤寂，而较少王湾"潮平两岸阔，风正一帆悬"（《次北固山下》）式的豁达明朗。

不同于初盛唐"仗剑去国"的"壮游"，唐末诗人乱世流离，往往是被动的，或为了躲避兵祸，或为了落第还乡，或为了寻亲觅友，大多在各个地方辗转流离，很少能在一个地方固守不出。我们以杜荀鹤为例，除了自己的家乡和求举应试的长安外，咸通五年（864）经九江；咸通十三年（872）

秋往游湖南，至长沙；咸通十五年（874）至湘南，后往游桂岭；中和二年（882）至扬州等地，后游至宣州。我们再来看郑谷，咸通七年（866）春南游至湘潭；次年（867）又南游至浔阳、当涂等地，本年岁暮又至杭州；咸通十三年（872）落第东归，途经郢州石城；咸通十五年前往同州；广明元年（880）至兴州；中和二年又滞留蜀中；光启四年（888）春，自梓潼至梓州，后八月至通川；大顺二年（891），至泸州，同年经荆渚返长安；乾宁三年（896），奔赴行在华州。以上二人行迹几乎辗转大半个王朝，漂泊不定的生存状态由此可见。

唐末有着类似经历的诗人还有很多，描写途中所见所闻，并由此心生悲戚的诗歌作品亦比比皆是：

已带伤春病，如何更异乡。（吴融《途次淮口》）

客路三千里，西风两鬓尘。（唐彦谦《客中感怀》）

十年五年歧路中，千里万里西复东。（郑谷《倦客》）

唐末诗人羁旅途中，客居异乡，心思故土，多伤春悲秋之叹和身世凄楚之感，几乎没有"海日生残夜，江春入旧年"（王湾《次北固山下》）式的蓬勃生机和由外物而生发的内心饱满的向上向外的力量。旅途的寂寞风霜，情感上的孤寂无助，更易使人心生自怜自叹之感，他们眼中看到的是"夕阳""蜉蝣""歧路""孤舟""夜雨"，心中感受的是"愁""病""闷""醉"，是无尽的愁思和哀伤。

初盛唐诗人也写途中感思，也有悲情愁绪，但终有少年人"为赋新词强说愁"的意味，李白《春夜洛城闻笛》中有："谁家玉笛暗飞声，散入春风满洛城。此夜曲中闻折柳，何人不起故园情。"这种愁思是开放式的，是轻灵的，是没有质感、没有重量的，它由笛声诱发，像莲荷的清香一样飘散在空气里，即使有那么一丝一缕不小心萦绕进了诗人的心头，也只是稍作片刻停留便消散开来。

唐末诗人同类题材的诗歌作品表达的情感则大不相同，杜荀鹤《旅社遇雨》最为典型地描述了这种羁旅途中孤寂自怜的心态："月华星彩坐来收，岳色江声暗结愁。半夜灯前十年事，一时和雨到心头。"诗人夜半独坐，只一盏昏黄的小灯相伴，乱世流落数十年的光景，伴着窗外稀稀疏疏的雨声，一时暗涌，堆上心头。这种感情历时久自然积淀深，久久不得发泄自然郁结心中，一旦由外物诱发出来，就是一发不可收，诗人往往沉溺于这种情绪无法自拔，它是厚重的，是凝滞郁结的。这样的诗句也启发了宋人，是"而今听雨僧庐下，鬓已星星也"（蒋捷《虞美人·听雨》）式的数十年沉淀下来的人生体悟，是"而今识尽愁滋味，欲说还休。欲说还休。却道天凉好个秋"（辛弃疾《丑奴儿·书博山道中壁》）式的无言内敛和落寞凄苦。他们一生多在乱世流离中蹉跎，客行千里，两鬓风霜，身心疲惫，情思倦怠，途中所见所闻无时无刻不在提醒着他们自身的漂泊和孤独，也正因如此，唐末羁旅行役、身世感怀类的诗歌作品才呈现出了末世诗人独特的孤寂自怜的心态特征。

## 第三节　痛苦忧惧的赠友送别、思乡怀人诗

赠友送别、思乡怀人也是唐诗中常见的诗歌题材，唐末诗人在这类题材的诗歌作品中所抒写的内心的痛苦忧惧尤为深刻。

即使同一个人处于不同的人生阶段，随着自身心性的发展完善和对外界事物感知能力的不同以及周围社会环境的变化，对同类感情的感受和体悟也大不相同，而诗人敏感的心灵对王朝不同阶段气象变化的体察则更为敏锐。初盛唐诗人恰处于意气风发的少年时光，别离的时候更多地是鼓舞对方不要以暂时的分离为忧，要放眼未来，相信会有更高远广阔的天空在等待着友人施展抱负，那别离时忧愁的思绪也是轻烟似的，来得快也去得快，甚至来不及细细品咂，便被稀释进了更高远阔朗的天空，被振奋的精神和积极的梦想所取代，王勃《送杜少府之任蜀州》，少年意气，奋发昂扬；高适《别董大》，感情热烈，豪迈奔放；李白《黄鹤楼送孟浩然之广陵》，眷恋敬慕，依依不舍；王昌龄《芙蓉楼送辛渐》，冰清玉洁，孤傲刚强；杜甫《送韩十四江东觐省》，殷殷嘱托，情谊深厚，这种种情绪中均饱含着催人奋发的劝慰之意，而鲜少凄苦落寞之情。

中晚唐诗人则类似人到中年，生平所经历的种种磨难和艰辛，让他们已经饱尝人世甘苦，尤其是经过安史之乱的打击和大历诗人心态的消沉积淀之后，他们在一次又一次的短暂相聚和长久别离中，消磨掉了少年时昂扬奋发的意气和豪

迈奔放的心绪，感情变得深沉内敛，他们对人世困塞和命运蹉跎已经有了一定的认识和体验，因而诗歌中的别离之情也显得细腻厚重，落寞寂寥。韦应物《寄卢庚》说："悠悠远离别，分此欢会难。"郎士元《咸阳西楼别窦审》说："亭皋寂寞伤孤客，云雪萧条满众山。"卢纶《秋晚霁后野望忆夏侯审》说："前后无俦侣，此怀谁与呈？"这种历经人世后的孤独寂寞，已经像是经过岁月沉淀和时光打磨的中年心态，有了厚重的味道。

由于世事动荡，末世丧乱，到了唐末，赠别怀远类题材诗歌中呈现出了新的特点。

首先，是对离别时诗人心中依依不舍、痛苦忧惧的描写。他们心中对离别充满了深深的忧愁甚至是恐惧，深知生在这样的乱世，一别之后，往往就是永诀，张乔《送李道士归南岳》说："只恐相寻日，人间旧识稀。"杜荀鹤《送人游江南》说："能禁几度别，即到白头时。"因此，面对生离死别便倍加伤情，倍加依恋，张乔《送友人游蜀》说："此心知音稀，欲别倍相依。"在离别面前，唐末诗人已经不再对重逢心存幻想和希望，他们深知自己的命运就如同蝼蚁一样，在历史的巨浪里漂浮不定，随时就会遭遇灭顶之灾。既然往者不可追，来日不能期，便只能着力描写眼前的伤心人和心中的伤心事，因而倍觉痛苦。

其次，便是对友人远走后自己茫然失落、不知归处的刻画。曹唐《洛东兰若归》说："又归何处去，尘路月苍苍。"张乔《送友人归宜春》说："远道空归去，流莺独自闻。"无不写尽友人远走后，诗人迷茫神伤，独自凄凉的情景。而陆龟蒙《有别二首》其一描写友人走后，诗人独立秋风的情态更是传神："池上已看莺舌默，云间应即雁翰开。唯愁别后当风立，万树将秋入恨来。"友人已经走远，诗人依然伫立在原地，千山万树送来秋风阵阵，仿佛裹挟着诗人无限的眷恋和遗恨，都向着诗人的内心吹来。这样的情绪是浓郁的，是由外而内的，所有大自然里原本无情的外物经过诗人心中离愁的渲染，都变得萧索凄凉，且朝着诗人脆弱的心灵汹涌而来，累积成伤，这种感情无论是由外物诱发还是在内心积淀，都是内向的，是收敛的。

最后，是抒写离别后久不得消息的深深担忧和切切思念。乱世艰难，一别之后往往很难再得到彼此的消息，诗人心中自然又添一重担忧和挂念，郑谷《久不得张乔消息》说："乱离何处甚，安稳到家无。"司空图《午寝梦江外兄弟》说："如何水陆三千里，几月书邮始一来。"张乔《游边感怀二首》其一说："兄弟江南身塞北，雁飞犹自半年余。"对友人亲人的深切思念，伴随着久不得消息、生死未卜的本能的恐惧，也只有在这样即将国破家亡的巨大阴影下，在唇亡齿寒，覆巢之下岂有完卵的恐惧的震慑威胁下，诗人心中才会产生这样深重的不安和惶恐。

## 第四节　虚无怀旧的咏史怀古、谈禅说理诗

由于深受末世感伤绝望情绪的影响，咏史怀古和谈禅说理也成为唐末诗歌重要的题材内容之一。而这类题材诗歌呈现出的"变调"则是：咏史怀古诗中充满着深深的虚无幻灭之感和悲凉怀旧情结，谈禅说理诗也满是"四大皆空"的黯

然感喟。

初盛唐诗人在咏史怀古诗中多张扬个性，以古鉴今，寄托诗人厚重的社会责任感和自我意识的觉醒，尤其是陈子昂的《登幽州台歌》，更是充满了宇宙意识和绵延无尽的巨大张力；中晚唐的咏史怀古诗在安史之乱后悄然勃兴，盛唐浪漫的气质和无尽的希望幻想被务实进取的观念、革除时弊的希冀和深沉的忧患意识取代，如刘禹锡的《乌衣巷》："旧时王谢堂前燕，飞入寻常百姓家。"刘长卿的《登余干古县城》："沙鸟不知陵谷变，朝飞暮去弋阳溪。"虽时有感伤但并不绝望。

到了唐末，独特的社会历史环境使虚无幻灭、颓废怀旧的情绪在诗人的笔下蔓延开来，满眼望去，尽是萧瑟悲凉，这在咏史怀古类诗歌题材中显得尤为突出。唐末咏史怀古诗，给人留下最突出印象的，首先便是繁华似梦、破败荒芜带来的一切皆空的巨大虚无感和幻灭感，这样的诗歌比比皆是：

朱紫盈门自称贵，可嗟区宇尽疮痍。（秦韬玉《读五侯传》）

宫殿六朝遗古迹，衣冠千古漫荒丘。（唐彦谦《金陵怀古》）

宴罢风流人不见，废来踪迹草应知。（罗隐《清溪江令公宅》）

昔日丝竹笙歌、莺歌燕语的金谷园如今荒芜破败，昨日炙手可热的侯门相府如今冷冷清清、门可罗雀，朱门紫府原本富贵无匹，现下却殿倒屋塌、满目疮痍，权势倾天者尚且如此，更何况是草莽村妇、一介书生？在这样画面感极为强烈的古今对比和强烈冲击下，加上唐末独特的社会环境，人们在心理上已经感受到了"山雨欲来风满楼"的亡国之象。诗人在内心开始进行反思，对自身长久以来受儒家文化熏陶形成的既定人生观和价值观产生怀疑，诱发"君臣都是一场笑，家国共成千载悲"（李山甫《上元怀古二首》）的家国之悲、黍离之叹，最终得出"贪生莫作千年计，到了都成一梦闲"（吴融《武关》）的佛家顿悟式的虚无幻灭之感，并借此引发朝代更迭而无能为力的兴废之叹："争得便如岩下水，从他兴废自潺潺。"（吴融《武关》）"兴亡多少事，回首一长吁。"（王贞白《金陵》）

其次，是满目疮痍、万物萧瑟的浓重悲凉怀旧情绪。面对无边秋色里破败的古迹，他们感叹："曾从建业城边过，蔓草寒烟锁六朝。"（吴融《秋色》）登高望远看到断瓦残垣更添一重悲凉凄楚："三楚故墟残景北，六朝荒苑断山东。"（陈陶《登宝历寺阁》）就像受刺激多了感觉也会变得迟钝一样，在看过太多废墟、荒园、寒烟、衰草之后，唐末诗人内心太多感情的积淀反而变得厚重内敛，不愿表露，他们对着废旧的宫殿，对着长逝的流水沉默："莫问古宫名，古宫空有城。惟应东去水，不改旧时声。"（于邺《长信宫》）对着空寂的深山，对着如梦的烟雨无言："门横金锁悄无人，落日秋声渭水滨。红叶下山寒寂寂，湿云如梦雨如尘。"（崔鲁《华清宫》其二）在万物勃发，原本该生机盎然的春日里，低低吟唱着对昔日繁华的深深眷恋，也唱着为大唐王朝送葬的哀歌。

除了咏史怀古类题材的诗歌作品外，由于唐末诗人多于寺庙附近隐居，与僧道交往颇多，是故谈禅说理类题材诗歌中也多表露浮世如梦、一切皆空的心绪，以及对尘世权贵的排斥厌憎，和对佛家"五蕴皆空""心无挂碍"境界的向往。他们喜欢与僧人交往，司空图《华下》说："久无书去干时贵，时有僧来自故乡。"郑谷《自遣》说："谁知野性真天性，不扣权门扣道门。"因为僧人能看破世事繁华，甘心白首闲坐，曹邺《赠僧》对这种心绪的描写尤为细腻："繁华举世皆如梦，今古何人肯暂闲。唯有东林学禅客，白头闲坐对青山。"这种了悟式的内向性心理观照，既是对外物的彻底绝望和妥协放弃，同时也是对诗人内心的一种自我安慰。他们感叹造化无情，万法皆空："生灵不幸台星拆，造化无情世界空。"（罗隐《所思》）感叹人生如梦，富贵浮云："人生倏忽一梦中，何必深深固权位！"（薛逢《君不见》）既然一切都是虚无的影像，最终都会走向幻灭，又何必把人生的价值寄托在对外物的苦苦追寻上？只要修得自身的心性完满即可，于是唐末诗人看淡世事沧桑，眼光随着心态的内敛投射在了自我心灵的一隅，期待着能找到另一种内向式的不为外物所左右的心灵寄托。

## 第五节　颓废自遣的写景咏物、山水田园诗

初盛唐时期，写景咏物、山水田园题材的诗歌，在盛唐以王维、孟浩然为代表的山水田园派诗人笔下达到了一个高峰。王维的《山居秋暝》《终南别业》《渭川田家》，孟浩然

的《过故人庄》《望洞庭湖赠张丞相》，褚光羲的《咏山泉》《杂咏五首》，常建的《题破山寺后禅院》《宿王昌龄隐居》，等等，呈现给我们的是一个宁静澄明的艺术世界，更带着些世外桃源的逍遥洒脱味道："桃红复含宿雨，柳绿更带朝烟。花落家童未扫，莺啼山客犹眠。"（《田园乐七首》其六）王维下笔自然流畅，不露雕琢斧凿痕迹，我们从诗中感受到的是大自然蓬勃的生机和向上的力量，以及诗人怡然自乐、身心澄澈、平和安然的心理状态。

但到了唐末诗人笔下，写景咏物诗中的颓废自遣情绪则成了主要基调。同样描写山中落花，在王维笔下是"木末芙蓉花，山中发红萼。涧户寂无人，纷纷开且落"（《辛夷坞》），犹如一幅精美的画卷，虽点缀着些许寂寞但又充满着云蒸霞蔚的灿烂美好，以及虽然无人欣赏，但仍我自飘香的蓬勃生机。但在唐末诗人郑谷眼中则是："昔事东流共不回，春深独向渼陂来。乱前别业依稀在，雨里繁花寂寞开。却展渔丝无野艇，旧题诗句没苍苔。潸然四顾难消遣，只有佯狂泥酒杯。"（《渼陂》）面对大好河山支离破碎，到处田园荒芜，野草丛生，昔日的繁华已成往事，像流水一样一去不回，诗人独自一路行来，倾塌的楼台房屋依稀能看出来旧时的痕迹，到处苔藓丛生淹没了往日题诗的石台，一片衰败破碎的景象，即使是春日的繁花，也是风吹雨欺，显得落寞冷寂，诗人四顾茫然、愁绪满怀只能借酒浇愁，颓废凄凉之感油然而生。

王国维认为词"有有我之境，有无我之境……有我之境，以我观物，故物皆着我之色"[1]，这个观点同样适用于诗歌研

---

① 王国维：《人间词话》，人民文学出版社，1960，第191页。

究，唐末写景咏物诗歌多为"着我之色"的"有我之境"，韩偓《效崔国辅体》其一："独立俯闲阶，风动秋千索。"《效崔国辅体》其二："闲阶上斜日，鹦鹉伴人愁。"司空图《花下》："五更惆怅回孤枕，自取残灯照落花。"李咸用《庐陵九日》："竟日开门无客至，笛声迢递夕阳中。"每一样风景都是通过诗人的眼睛映入内心，经过内心情绪的感染加工再表现在诗歌作品中。伤心人眼中所见自然是伤心景，无论是乐景还是哀景，总有一个落魄潦倒、孤寂清冷的身影伫立在这一片景色里，给景物染上了浓浓的颓废哀伤的情绪。他们写孤独寂寞是："独行独坐亦独酌，独玩独吟还独悲。"（陆龟蒙《独夜》）写佯狂醉态是："惜春连日醉昏昏，醒后衣裳见酒痕。"（韩偓《春尽》）写得过且过是："今朝有酒今朝醉，明日愁来明日愁。"（罗隐《自遣》）他们频繁地在诗歌中表达不关心身外事的失意颓废情绪："世间多少事，无事可关心。"（姚合《闲居遣怀十首》其五）"颠倒醉眠三数日，人间百事不思量。"（姚合《赏春》）"几年无事傍江湖，醉倒黄公旧酒垆。"（陆龟蒙《和袭美春夕酒醒》）这种对闲居"无事"的反复申说，其实是对自身"无力"改变现状的一种反讽式的表达。他们需要在田园美景中安慰失意落魄的痛苦心灵，但往往由于愁思积郁太深，又给景色染上了浓浓的哀伤情调，显得更加颓废落寞。他们心中堆藏了太多的苦闷，欲说还休，欲诉无人，只好借酒自纵，自我排遣中充满了颓废失意的情绪。

唐末无论是诗人数量还是诗歌作品的数量都颇为可观，就各类诗歌题材类型比较来说，并没有太大的数量和质量的悬殊。但是通过与初盛唐和中晚唐同类题材的诗歌对比，我们可以发现，唐末同类题材诗歌作品中的精神面貌和情感指向已发生了天翻地覆的变化，开始由外转内，由放转敛，在边塞战争、忧国伤时类题材的诗歌中少了意气风发的精神面貌和昂扬奋进的进取精神，多了绝望悲悯的情怀；在羁旅行役、身世感怀类题材的诗歌中少了夸张的描述和轻烟似的愁绪，多了孤寂自怜的凄苦之情；在赠友送别、思乡怀人类题材的诗歌中少了互相砥砺、劝勉慰藉的谆谆叮嘱，多了无尽的痛苦忧惧；在咏史怀古、谈禅说理类题材的诗歌中少了借古讽今、指点山河的气势，多了虚无怀旧的味道；在写景咏物、山水田园类题材的诗歌中少了安然自乐、闲雅从容的风致，多了颓废自遣的心境。他们开始由对外物的欣赏和观照转向对内心的审视和反思，心态变得内敛，情感变得消沉，行止变得颓废，表达变得含蓄，在这种"内敛"心态的影响下，唐末诗歌在题材上，给我们呈现出了独特的"末世情调"。

# 第五章

## 内敛心态下唐末诗歌的艺术偏好

我们不可否认，"唐代在中国诗歌史上是诗歌艺术屡屡发生新变的时期"①，而唐末诗坛则是唐诗艺术日臻成熟完善的最后阶段。在诗歌艺术的精雕细琢方面，唐末诗人继承了晚唐前期诗人的诗艺追求，二者并没有明确的区别，只是在程度上更加深入，我们不必有意对两个时段再作详细区分。不同于初盛唐诗歌的自然浑成，唐末诗歌讲究精工巧绘，这在很大程度上源于晚唐唐末诗人在"内敛心态"的驱使下，继承杜甫"语不惊人死不休"的执着诗艺的精神，对诗歌艺术苦心追求和悉心琢磨。杜荀鹤在《维扬冬末寄幕中二从事》中说："典尽客衣三尺雪，炼精诗句一头霜。"这是唐末诗人对诗歌艺术精益求精的典型体现。这种追求虽然使唐末诗歌少了初唐诗歌的雍容堂皇，盛唐诗歌的风神情韵，甚至较之中唐的务实进取也稍逊一筹，但就诗歌艺术方面而言，无论是在语言的精雕细琢，意象的惨淡经营，还是在心灵对时空的敏感把握上，都为后世诗人学唐诗提供了经典的诗歌创作范式和有路可循、有法可依的榜样。

## 第一节 语言上的刻抉入微

诗歌是语言的艺术，一切情思气韵、风骨格调都需要靠语言来支撑，来表达，"苦心为诗"的唐末诗人对诗歌艺术的追求，首先便表现在对语言的锻炼上。而内敛性的创作心态有利于这种创作方式的精益求精，渗透进了唐末诗歌艺术创

① 余恕诚：《唐诗风貌》，安徽大学出版社，2000，第120页。

作的方方面面，在其影响下，唐末诗歌也呈现出独特的语言特征。

对诗歌语言使用技巧的高度重视和悉心锤炼，自盛唐杜甫就已露端倪，"为人性僻耽佳句，语不惊人死不休"（《江上值水如海势聊短述》）。这种对诗歌语言孜孜不倦、着意求精的态度发展到唐末，加上诗人心态内敛，功业欲望和功名追求逐渐磨灭，诗人把对社会现实和自身功业前途的绝望情绪转移到诗歌创作上来，想凭借诗歌"成名"或"留名"，故专力为诗，苦心经营，因而在诗人群体性的诗歌创作中形成了一种普遍的"苦吟"态度，唐末诗人卢延让的"吟安一个字，捻断数茎须"（《苦吟》）用略显夸张却极为形象的诗句向我们传达了诗人对诗歌语言的重视态度。

唐末诗人心态内敛，自然无复盛唐诗人外放型的，喷涌勃发式的，以情思气韵、风骨格调为诗的创作方法，而是为了求得佳句搜肠刮肚，耗尽心力。宋人刘克庄在辨析唐宋诗区别时，认为唐诗乃"风人之诗"，宋诗乃"文人之诗"："余尝谓以性情礼仪为本，以草木鸟兽为料，风人之诗也；以书为本，以事为料，文人之诗也"①。我们或许可以这样理解，"风人之诗"多感兴，灵感和物料源自自然，以性情气韵的自然外泄、畅达无阻取胜，是一种外向型的情感表达；而"文人之诗"多用事，事理和机趣来自思考，以思考的深度和视角的新奇为要，刻抉入里，质实则流于板滞内敛，是一种内向型的情思含蕴。

刘克庄此语尽管是论析唐宋诗的区别，但唐末作为唐诗

---

① （宋）刘克庄：《后村先生大全集》卷一〇六，清道光张氏爱日精庐抄本。

向宋诗过渡的关键性阶段，在某种程度上已经呈现出了由
"风人之诗"向"文人之诗"过渡的特性，这也正是唐末诗
歌不同于之前各阶段唐诗的独特之处。概括起来，我们可以
说，内敛的心态使唐末诗人更加注重诗歌语言艺术的巧思妙
想，同时，在这样心态的引导下产生的诗歌作品的某些特征，
也反过来印证了唐末诗人"心态内敛"这一时代性、群体性
的心理指向。这种创作倾向虽然自中晚唐就已经开始了，但
到了唐末，在"唐诗"这个以性灵为主的概念范畴下，则把
诗歌的技巧性向深细方向发展到了极致。

## 一　倒装频用，诗眼雕琢

由于唐末诗人这种内敛的作诗态度，诗人在诗歌创作中
也相应更多地注重语言技巧的运用，诸如活用倒装，注重诗
眼，等等，耗费心力，以求佳句，显示出语僻意深的锤炼
之美。

诗人们在诗歌创作过程中，很早就发现诗歌语词的活用
和倒装，可以打破传统审美惯性产生的审美疲劳感，使语句
生新，如杜甫的"香稻啄余鹦鹉粒，碧梧栖老凤凰枝"（《秋
兴八首》其一），便是因巧用倒装而获得了艺术上新的生命
力，给人以极其深刻的印象。唐末诗人心态内敛，在承继前
辈诗人诗歌创作手法的基础上，潜心为诗，力求生新，故这
样活用倒装的诗句比比皆是，如郑谷"窥砚晚莺临砌树，进
阶春笋隔篱根"（《自遣》），崔涂"夕阳高鸟过，疏雨一钟
残"（《题绝岛山寺》），杜荀鹤"战士风霜老，将军雨露新"
（《塞上》），裴说"寺分一派水，僧锁半房山"（《道林
寺》），等等，较之正常诗歌语序的气息流转，畅达自然，倒

装手法的运用打破了既定的思维方式和思维惯性，在生新的同时使整句诗歌显得语气含蓄委婉，意境隽永缠绵，无论是表情上的欲说还休，还是达意上的隐而不露，都体现出了诗歌含蓄的特点。但与此同时，其实际效果则受到诗人功力的影响，如果过于颠倒混乱，就会显示出囿于一句之内而不畅通外放的特性。唐末诗人对这种创作手法普遍性的偏爱和执着，正是诗人诗歌创作中心态内敛的体现。

在注重诗眼上，唐末诗人更是不遗余力，尤其表现在对律诗颈联诗眼的斟酌上，这亦使唐末诗歌呈现出锤炼之美。自杜甫的"晚节渐于诗律细"（《遣闷戏呈路十九曹长》）始，至唐末，由于律诗作法技巧臻于成熟完备，遂成为诗人所普遍喜爱的创作体制。晚唐以贾岛为代表的侧重"推敲"的一类诗人更是有句无篇，几乎把心思精力全用在了对一联、一句、一字的刻画甄选上。这种情况一直延续至唐末，五律颈联如周朴的"风暖鸟声碎，日高花影重"（《春宫怨》，一作杜荀鹤诗）、郑谷的"白鸟窥渔网，青帘认酒家"（《旅寓洛南村舍》）、崔涂的"孤冈生晚烧，独树隐回塘"（《江上旅泊》）等等；七律颈联如杜荀鹤的"冷烟粘柳蝉声老，寒渚澄星雁叫新"（《感秋》）、韦庄的"流水带花穿巷陌，夕阳和树入帘栊"（《贵公子》）、唐彦谦的"禾麻地废生边气，草木春寒起战声"（《毗陵道中》）等等，不仅赋予了普通景色和诗句以新巧的意趣，而且更自然地吸引读者目光，把关注点放在这些"诗眼"上，琢磨、思索、玩味，在更大程度上拓宽了诗歌有限字数内表达的无限情韵。

但这种过度的执着也存在一定的弊端，诗眼运用得好自然可以锦上添花，如杜甫的"吴楚东南坼，乾坤日夜浮"

（《登岳阳楼》）。诗人抚今追昔，吐纳天地，胸包环宇，境界雄浑阔大，情感悲壮苍凉，有一种外放的张力和绵延的力量，"坼"字和"浮"字更强化了这种感觉。但唐末诗人诗歌作品多写悲情愁绪，诗眼的运用反而加深了这种愁思，使诗人的情感缠绵隐微，囿于其中不得释放，如杜荀鹤的"冷烟粘柳蝉声老，寒渚澄星雁叫新。"（《感秋》）"冷烟"萦绕在柳枝间只觉得清冷，加上一个"粘"字，那种厚重阴冷黏腻的感觉瞬间就出来了，轻飘飘的烟被赋予了冷腻滞重的质感，诗人的感情也变得黏腻厚重。对诗眼刻意生新求变的结果不仅导致有佳句而无佳篇，使诗歌整体上显得支离破碎，且使诗歌境界显得狭小敛约，情感表达上也多含蓄婉转而少畅达自然。

唐末诗人对诗句顺序的活用和对诗眼的精雕细琢，也包括词性的转化，如形容词活用为动词："晓来山鸟闹，雨过杏花稀"（周朴残句，见《优古堂诗话》）；名词的铺陈连缀："鸡声茅店月，人迹板桥霜"（温庭筠《商山早行》）；等等。但过于雕琢纤巧则流于局促内敛，流畅自然之气日稀，琢磨斧凿之痕渐露，使唐末诗人在追求畅达自然和生新求变的过程中，时时显得捉襟见肘。唐末诗歌语言运用上呈现出的这种特征和诗人"内敛"性的诗歌创作心态息息相关，互为表里。

## 二　虚多则弱，拘泥对偶

诸如连词、介词、副词、助词等虚词运用是否得当，对诗歌整体风貌有很大的影响。虚字运用得当，会使诗句气脉流畅，风神飘逸，反之，则会显得轻浮浅薄。诗歌评论家们早已注意到了这一点，谢榛《四溟诗话》亦引李西涯语："诗用实字易，用虚字难。盛唐人善用虚字，开合呼应，悠扬委曲，皆尽于此。用之不善，则柔弱缓散，不可复振。夏正夫谓涯翁善用虚字，若'万古乾坤此江水，百年风日几重阳'是也。"[1] 可见，虚字使用的得失与重要。

但是，在诗歌虚词的运用上，历来也有"虚多则弱"的说法，方东树《昭昧詹言》卷二一云："范德机云：'实字多则健，虚字多则弱。'"[2] 张毅《唐诗接受史》也说："大凡作诗，虚多则弱，实多有骨。初盛唐多用实字，故多有气力。"[3] 虚词在音节诵读效果上多不如实词响亮有力，而声低则气弱凝滞，气弱则情敛不发，偶尔使用，可使诗句灵动，但多则难免虚弱，这也是唐末诗人诗歌创作中虚词用法不同于前代的独特之处。唐末诗人专力为诗，诗歌大多对偶工切，但因对虚词的过度偏爱，于是便显示出了"虚多则弱"的倾向。这种趋向发展到宋代，就出现了"以议论为诗"的特征，故有"凡多用虚字便是讲，讲则宋调之根"[4] 的说法，这里的"讲"便是评议、论说的意思。

唐末诗人由于心态内敛，情感表达含蓄委婉，对虚词的用法呈现出独有的特征，显示出诗人心境愁思难解，积郁不发，潜气内敛的特性。比如说唐末诗人诗歌中多出现的虚词"自"，在杜甫写来便是"自来自去梁上燕，相亲相近水中鸥"（《江村》），气脉流转，情景浑融，一派安闲自在之景，

---

① （明）谢榛著，郭绍虞主编《四溟诗话》，人民文学出版社，1961，第20页。

② （清）方东树著，汪绍楹校点《昭昧詹言》卷二一，人民文学出版社，1961，第473页。

③ 张毅：《唐诗接受史》，人民文学出版社，2012，第245页。

④ （明）谢榛著，郭绍虞主编《四溟诗话》，人民文学出版社，1961，第122页。

眼中所见与心中所感息息相通，丝毫不使人觉得板滞萦回。但出现在唐末诗人笔下，"自"却表现出了另一种孤芳自赏、寂寞独尝、徘徊缱绻、任其自然的独特情韵，如：

采石花空发，乌江水自流。（韦庄《过当涂县》）

秋光终寂寞，晚醉自留连。（郑谷《郊野》）

山河空远道，乡国自鸣砧。（周朴《秋深》）

衰柳自无主，白云犹可耕。（崔涂《过陶征君隐居》）

数枝高柳带鸣鸦，一树山榴自落花。（唐彦谦《罗江驿》）

皇天有意自寒暑，白日无情空往来。（李咸用《途中逢友人》）

花开花谢还如此，人去人来自不同。（罗隐《春日独游禅智寺》）

无论是流水、落花、碧柳、山河，还是诗人自身，在唐末诗人眼中看来都是孤独的，寂寞的，无人问津亦无人诉说的，花开花落只能孤芳自赏，碧水东流只能自吟自唱，柳丝袅袅却无主人可认，山河破碎只能自哀自鸣，连诗人自己晚醉独归也只能自叹自伤。所有的景色和人事都是被一个个小的空间隔离开的，囿于自身的狭小空间，不与外物和外界交流，与其他任何的人事都没有交集。世道轮替，映射到他们心中是深深的无力感和任其自然的无奈失落，而不是对外物和外界的主动干预，这样内敛的心态用一个"自"字便清晰地表达了出来。

除了对某一个虚词的特殊偏爱之外，唐末诗人对某些虚词前后相连构成固定句型以表达转折、顺承、并列等独特含义的用法也颇为偏爱，如，表示转折的有："巷有千家月，人无万里心"（周朴《秋深》）、"若无仙分应须老，幸有归山即合休"（崔涂《金陵晚眺（一作怀古）》）、"不嫌蚁酒冲愁肺，却忆渔蓑覆病身"（郑谷《蜀中春日》）等等。表示顺承的有："那堪更南渡，乡国已天涯"（崔涂《秋日犍为道中》，一作《途中感怀》）、"想得寻花径，应迷拾翠人"（郑谷《光化戊午年举公见示省试春草碧色诗偶赋是题》）等等。表示并列的有："山色不知秦苑废，水声空傍汉宫流"（韦庄《咸阳怀古》）、"有果猿攀树，无斋鸽看僧"（杜荀鹤《登山寺》）等等。对以上这些诗句，我们不妨稍作调整，试着把虚词句式去掉，再来看的话，可以明显地发现失去了原诗加上虚词后所形成的情感上千回百转，笔触上细腻幽约的韵味。虚词的运用在这里不仅起到连缀实词的作用，更是诗人曲折萦回心态的显露。

且这些虚词在句首、句中、句尾均可，位置灵活多变，位于句首的有："那堪望断他乡目，只此萧条自白头"（周朴《登福州南涧寺》）、"不忿黄鹂惊晓梦，唯应杜宇信春愁"（郑谷《游蜀》）等等。位于句中的有："波浪不能随世态，鸾凰应得入吾曹"（郑谷《送进士韦序赴举》）、"天涯已有销魂别，楼上宁无拥鼻吟"（唐彦谦《春阴》）等等。位于句末的有："白发多生矣，青山可住乎"（杜荀鹤《将归山逢友人》）、"农事蛙声里，归程草色中"（周朴《春中途中寄南巴崔使君》）等等。唐末诗人还用这些虚词或其连缀起来的结构，表达内心某个时刻的感受或对某种时局的见解，如"荣枯物理终难测，贵贱人生自不知"（李咸用《秋望》）这样的句子，确然已露宋代"以议论为诗"的端倪。

除了对虚词的运用外，唐末诗人对诗歌对偶工切的追求也是费尽心力，但因诗人情思才气的局限和心绪内敛不发的影响，往往流于有句无篇，拘泥生涩。关于绝佳的唐诗和诗人，后人认为其大抵是超越了诗歌表层的"规矩"和"法度"的。初盛唐诗人为了追求宏大的意境、雄浑的气势和情韵气脉的连贯，对诗歌格律的要求不甚严格。明人顾璘在评价"唐调"时说：

> 五言律诗贵乎沉实温丽、雅正清远、含蓄深厚有言外之意，制作平易无艰难之患，最不宜轻浮，俗浊则成小儿对属矣。似易而实难，又须风格峻整，音律雅浑，字字精密，乃为得体。唐初唯杜审言创造工致，盛唐老杜神妙外，唯王维、孟浩然、岑参三家造极。王之温厚，孟之清新，岑之典丽，所谓圆不加规、方不加矩也。[1]

由此，可以看出，后世以格调、情韵为标准来评论唐诗的文人多称赏初盛唐诗的原因，便在于初盛唐诗人豁达的胸襟和豪放的情怀，以及不拘泥于格律束缚的随性豁达态度。

---

[1]　（元）杨士弘选编《唐音评注》，河北大学出版社，2010，第291页。

格律和法度，作为诗歌的表层功夫，是为内里的气韵格调服务的，不能舍本逐末。

然而，唐末诗人心态内敛，在生死的夹缝间小心翼翼，自然无复喷涌勃发的诗思才情，加上囿于诗歌格律章法无法自拔，诗歌自然显得有小裹结而无大气势，如："客泪有时有，猿声无处无。"（周朴《次梧州却寄永州使君》）"唯对松篁听刻漏，更无尘土翳虚空。"（韩偓《雨后月中玉堂闲坐》）"两三条电欲为雨，七八个星犹在天。"（卢延让《松寺》）"帆来帆去风浩渺，花开花落春悲凉。"（郑谷《石城》）这样对偶工切却显得刻板滞涩的诗句还有很多。唐末诗人诗歌创作中由于刻意求工而导致诗歌境界狭小的特点，后世诗论家多有论及，邵长蘅《与金生书》说："晚唐自昌黎外，惟许浑、杜牧、李商隐三数家，差铮铮耳。余子专攻近体，就近体又仅仅求工句字间，尺幅窘苦不堪。"[1] 此评是有一定道理的。

不论是对虚词的偏爱，还是对对偶的苦费心力，都是这种内敛心态的反映，而内敛的心态是一把双刃剑，它一方面过于"小巧"，使得唐末诗歌显衰陋之气而少初盛唐诗歌的雄浑大气，包恢《书侯体仁存拙稿后》说："尝闻之曰：江左齐梁，竞争一韵一字之奇巧，不出月露风云之形状。至唐末，则益多小巧，甚至于近鄙俚。"[2] 批评之意，显而易见，这也是后世诸多诗歌评论家对唐末诗歌颇有微词的重要原因之一。但另一方面，对技巧的着意追求，却提高了唐末诗歌的语词成就和表现程度，故吴可《藏海诗话》说："唐末人诗，虽

---

[1] （清）邵长蘅：《青门胜稿》，文渊阁《四库全书》本。
[2] 陈伯海主编《唐诗汇评》下，浙江教育出版社，1995，第3197页。

格不高而有衰陋之气，然造语成就。今人诗多造语不成。"①
这样的评价是较为公允的。

## 第二节　意象上的衰残迷离

诗人诗歌创作心态与意象的选择密切相关，对某种诗歌
意象的选择和偏爱，很大程度上能显示出诗人创作诗歌时的
微妙心态。王昌龄说："搜求于象，心入于境，神会于物，因
心而得。"② 心里有了某种境界，才会在外界物象上得到映射，
看似是神与物相接，其实是心里先有了心象。徐寅的说法
更加直白一些："先须令意在象前，象生意后，斯为上手
矣。……凡搜觅之际……孜孜在心，终有所得。"③ 还是以
"心意"为先，"物象"在后。内敛的心态使唐末诗人较少采
取直抒胸臆的表达方式，而是更倾向于选择那些比较符合唐
末诗人内敛心绪的独特意象来委婉含蓄地表达心曲，采取意
象化抒情的方式，把内心落魄失意的情绪和颓唐绝望的情感，
转化为一个个或朦胧或明晰的意象，而这些意象特征，也自
然带上了内敛收束的特性。

### 一　夕阳与黄昏：飘零破碎，衰飒残败

"夕阳无限好，只是近黄昏。"处在大唐帝国盛极转衰，

---

① （清）吴可：《藏海诗话》，见丁福保辑《历代诗话续编》上，中华书局，
1983，第 329 页。
② （唐）王昌龄：《诗格》，见张伯伟《全唐五代诗格汇考》，江苏古籍出版社，
2002，第 173 页。
③ （唐）徐寅：《徐正字诗赋》（共二卷），文渊阁《四库全书》本。

日薄西山的阶段，唐末诗人在内敛心态的驱动下，诗歌创作的选择上首先便更倾向于那类飘零破碎、衰飒残败的意象，因为这类意象与他们在末世中感受到的家国山河支离破碎，自身飘零流离的心绪，以及整个社会呈现出的那种人生暮年的衰老颓败的末世气象极为契合。

我们先以杜荀鹤为例，来看他处在不同地点诸如山馆、寺庙、水亭、江岸等，以及不同时间节候如秋日、傍晚、旅夜等的诗歌创作中对意象的选择和运用：

斜风吹败叶，寒烛照愁人。（《秋宿山馆》）

古树藤缠杀，春泉鹿过浑。（《赠庐岳隐者》）

夕照残荒垒，寒潮涨古濠。（《晚泊金陵水亭》）

殿宇秋霖坏，杉松野火烧。（《题历山舜词（山有庙，呼为帝二子，多变妖异为时所敬）》）

不同于初盛唐诗人那种对盛世的热情讴歌，激烈称扬；也不同于中唐诗人匡救时弊的热情，务实进取的精神。晚唐前期和唐末诗人同样心态内敛，不同之处在于，晚唐前期以李商隐、温庭筠为代表的诗人心灵世界拓宽了，他们在内心寻求一种内向性的精神安慰和情感诉求，并且成功地创造出了一个绮丽梦幻、朦胧多彩的心灵世界；而唐末诗人的内敛则导致了内心世界的萎缩。从杜荀鹤的诗中我们可以看出，诗人满眼尽是"残花""残雨""败叶""古藤""夜猿""夕阳""荒垒""秋霖""西风"……他们的心灵无时无刻不承受着末世国破家亡的痛苦煎熬，诗歌讲究"缘情而体物"，情感基调的绝望颓废使他们眼睛所见、心里所感的，都带上了末世飘零破碎、衰飒残败的特征，染上了深深的末世情调。

余者如韩偓写庙中所见："颓垣古柏疑山观，高柳鸣鸦似水村。"（《再止庙居》）写游玩时的心绪："关河见月空垂泪，风雨看花欲白头。"（《游江南水路院》）李洞写秋日的曲江："片云穿塔过，枯叶入城飞。"（《秋日曲江书事》）唐求写山居："败叶填溪路，残阳过野亭。"（《和舒上人山居即事》）熊皎写冬日访友："野迥霜先白，庭荒叶自堆。"（《冬日原居酬光上人见访》）李建勋写寺庙游玩："寒日萧条何物在，朽松经烧石池枯。"（《游宋兴寺东岩》）不论何时何地，他们的心绪始终是不宁静的，不快乐的。

唐末诗人笔下的此类种种意象，如"颓垣""风雨""枯叶""残阳""野亭""荒庭""寒日""朽松"等，不仅仅是外物时气节令和"伤春悲秋"的诗歌传统所造成的，很大程度上是诗人末世环境中绝望颓唐心态的外在显现。这种绝望内敛的情绪直接决定了唐末诗人不可能如初盛唐诗人一样选择高峻爽朗的意象，如"千里""五湖""边声""沙漠"等来表达心绪。"千里黄云白日曛，北风吹雁雪纷纷"（高适《别董大》其一）这样阔大的境界在唐末诗歌中甚为罕见。他们的眼光紧紧盯着秋日缠绵的细雨、雨中败落的花朵、古柏森森的废殿、枯藤缠树的寺庙、秋日纷飞的枯叶、残阳笼罩的江景、荒草离离的野亭，因为这些衰飒残败的意象和他们身处的社会环境极为契合，在心理距离上亦同他们内心颓唐的"末世情结"更为接近，他们用内敛绝望的心态观物，意象自然也映照出末世颓败的征兆。

## 二 寒水与哀猿：清幽冷寂，迷蒙虚幻

内敛的心态使唐末诗人在情感表达上阻塞不畅，他们的心门幽闭不开，郁结难疏之下，茕茕子立、形影相吊，郁郁寡欢，在意象的选择上自然更倾向于那种清幽冷寂、迷蒙虚幻的事物。

这类意象充满了浓重的主观色彩，其实是诗人自身所处环境和心态的外在映射，他们的内心被风雨飘摇、愁云惨淡的末世烟雨笼罩，于是，李咸用写秋景是："树寒栖鸟密，砌冷夜蛩稀。"（《秋夕》）写游寺是："幽情怜水石，野性任萍蓬。"（《游寺》）杜荀鹤写秋景则是："蝉树生寒色，渔潭落晓光。"（《秋日寄吟友》）"冷烟粘柳蝉声老，寒渚澄星雁叫新。"（《感秋》）唐求诗中写怀古忧思是："冷气生深殿，狼星渡远关。"（《马嵬感事》）写旅途感受是："夜静沙堤月，天寒水寺钟。"（《舟夜行泊鳌州》）余者诸如："唯应风雨夕，鬼火出林明。"（曹松《古冢》）"薄烟衰草树，微月迥城鸡。"（张乔《浮汴东归》）"风回水落三清月，漏苦霜传五夜钟。"（曹唐《汉武帝将候西王母下降》）"关山月皎清风起，送别人归野渡空。"（韩偓《江南送别》）"梦魂空系潇湘岸，烟水茫茫芦苇花。"（黄滔《别友人》）此处不一一列举。从以上这些诗中即可以看出，诗人惯以"寒""幽""薄""微""清""冷"等一系列表达冷寂的、凄凉的、清幽的字眼来修饰自然中所见的一花一树、一草一木，这既与唐末社会整体的末世衰败情调相生相合，又与唐末诗人的清冷心态相得益彰。

唐末诗人用心体物，即使是面对同样的景致，心理感受

也和初盛唐诗人有着质的区别，内敛的心态在唐末诗人的诗歌作品中表现得尤为明显。我们来看盛唐诗人常建和唐末诗人方干的两首诗，并作整体对比分析：

> 清晨入古寺，初日照高林。曲径通幽处，禅房花木深。山光悦鸟性，潭影空人心。万籁此都寂，但余钟磬音。（常建《题破山寺后禅院》）

> 得路到深寺，幽虚曾识名。藓浓阴砌古，烟起暮香生。曙月落松翠，石泉流梵声。闻僧说真理，烦恼自然轻。（方干《游竹林寺》）

这两首作品均为五言律诗。不仅题材相同，诗人所处环境均是寺庙，都着重描写寺庙游玩中的见闻感受；且结构模式都相似，以入寺为始，以山寺游玩为主体内容，终以禅思悟语作结。但从两首诗的对比中，又可感受到明显不同。从诗法的角度而言，元人学唐诗讲究起、承、转、合，认为起处要"平直"，合处要"渊永"，《诗法正论》说："大抵起处要平直，承处要舂容，转处要变化，合处要渊永。"[1] 先说首联和尾联，即起句和结句。常诗起处平直从容，缓缓引出，而又全然不见底下，初升的太阳高高地照耀着树梢，虽然是古寺，明媚而广大的气象如在眼前；方诗则起得平平无奇，而又有收束之感，情感内敛到了滞涩的地步。常诗尾联有余音袅袅，蜿蜒流淌的感觉，寂静中诗人感情和外部环境融为一体，且像钟声一样缓缓延宕开去，是开放式的、外扩式的；

---

[1] （元）傅若金：《诗法正论》，明刻本，第243页。

而方诗说理意味较浓，显得干涩无味。再来说颔联和颈联，作为主要写景的部分，常诗中寺院环境可以用"清幽"来形容，颔联"曲径通幽""花木深"语，看似往内收缩，其目的却是反衬颈联，诗人在这种清幽的环境下，身心澄澈、明净如水的安闲宁谧的心境，向内的收缩与向外的张扬二者相互配合，产生了一种奇妙的张力，使诗歌获得了一种新的生命体验。而方诗颔联和颈联对寺院环境的描写则只能用"清冷"来概括，无论是苔藓形成的浓荫，还是暮色中冉冉升起的烟火，抑或是清晨将落的月亮照在翠荫浓郁的松树上，泉水傍石流泻出诵经的梵音，这些意象的生成都是缓慢的、凝滞的、静态的、沉寂的，诗人在这种环境中感受到的是清冷寥落，而不是幽静闲适。这便是两者意象特征呈现出的明显不同的地方，同时也是初盛唐诗人和唐末诗人心态上"外放"和"内敛"的映射。

同时，唐末诗人选择的意象又明显带有迷蒙虚幻的特征，有时候为了适应诗人的心态，他们会在诗歌创作中对意象做稍许的加工改造，如杜荀鹤诗中写猿啼："吹梦风天角，啼愁雪岳猿。"（《冬末投长沙裴侍郎》）"月下断猿空有影，雪中孤雁却无声。"（《和友人送弟》）方干诗中写月夜："寒角细吹孤峤月，秋涛横卷半江云。"（《上杭州杜中丞》）罗隐写夜泊江景："栖雁远惊沽酒火，乱鸦高避落帆风。"（《金陵夜泊》）其实诗中无论是写"雪猿""断猿""孤雁""栖雁""乱鸦"等有明显情绪指向的动态物象，还是"寒角""孤月""秋涛""江云"等静态景物，都不一定是实际场景中确实存在的，很有可能是诗人为了配合当时的心境所"生发"或"幻想"出来的，这样的意象自然给诗歌披上了一层惝恍迷离的薄纱，带来了迷蒙虚幻的审美感受。

## 第三节　气格上的衰弱纤巧

语言和意象的偏好，直接导致了气格的变化。前者作为诗歌的外在，是有形的皮相和骨肉，后者作为诗歌的内在，是无形的格调和韵味。

### 一　风骨衰颓，气格卑弱

后世评初盛唐诗，多称赏其风骨兴寄，恢宏气象，这与初盛唐诗人在家国安泰、政治清明的社会环境中培养出来的乐观向上、昂扬奋进、放眼寰宇的外放型心态有很大关系。诗至唐末，世情浇薄，诗人心态变得内敛收束，诗歌自然显得风骨衰颓，气弱格卑，贺裳《载酒园诗话又编》说："诗至晚唐而败坏极矣，不待宋人。大都绮丽则无骨，至郑谷、李建勋，益复靡靡。朴澹则寡味，李频、许棠，尤无取焉。甚则粗鄙陋劣，如杜荀鹤、僧贯休者。"① 所列数家，皆是典型的唐末诗人。

风骨和兴寄是诗歌"盛唐气象"的主要表现方面，陈伯海在《唐诗学引论》中说："'风'属于文章情意方面的要求，其征象是气势的高峻与爽朗；'骨'属于文章语言方面的要求，其显现为言辞的端整与直切。不过'风'和'骨'又

---

① （清）贺裳：《载酒园诗话又编》，见郭绍虞编选，富寿荪校点《清诗话续编》一，上海古籍出版社，1983，第393页。

是紧密相联系的，旺盛的气势与端直的文词配合在一起，便构成了那种昂扬发奋、刚健有力的美学风格。"① 同时，他又认为："前者（风骨）着眼于诗人那种昂扬奋发的精神气概，后者（兴寄）系心于诗篇所具有的社会政治功能，倒并不计较它们的表现形式。"② 由此可以看出，盛唐诗歌骨力刚健，一方面在于诗人内心情感力量的强大和对人事的执着追求，他们生在大唐盛世如日中天的时候，拥有着强烈的外在事功的愿望和追求，这种愿望表现在诗歌中，则显得海纳百川、气势如虹；另一方面他们对社会人生、家国天下有着明确而强烈的社会责任感和个人自觉意识，普遍关注社会现实，并愿意倾尽一生心力来改变社会中尚不尽如人意的地方，这两者共同构成了初盛唐诗歌风骨、兴寄兼备的，昂扬向上、慷慨激烈的特征。

而到了唐末，诗人一方面对社会现实彻底绝望，外在事功的欲望消歇；另一方面对个人功业前途彻底绝望，内心实现个人人生价值的愿望也日渐磨灭。心态极致内敛，只求自保偷生，反映在诗歌作品中自然浮薄柔弱，气格卑下。蒋寅《大历诗风》说："唐诗的发展过程，大致呈现着由雄浑刚健到浮薄柔弱、由清新自然到雕琢纤巧的演变趋势，而盛衰之间最鲜明的标志，就是气象、境界的宏放与局促。"③ 这里所说的"局促"是和"宏放"对举而出的，自然倾向于"内敛、收束"的意味，这样的变化反映在诗人心态上，就是外放和内敛的差别所在了。

①　陈伯海：《唐诗学引论》，东方出版中心，1988，第 7 页。
②　陈伯海：《唐诗学引论》，东方出版中心，1988，第 14 页。
③　蒋寅：《大历诗风》，凤凰出版社，2009，第 117 页。

唐末诗歌风骨衰颓最明显地表现在对"衰老"的描写上：一方面是风骨不继，精神上少昂扬之态而多垂暮之感；另一方面是言辞衰陋，语词上少端直之言而多卑弱之感。唐末诗人诗歌中多写人生暮年，肢体上的衰老残败之状，如韩偓的"鬓惹新霜耳旧聋，眼昏腰曲四肢风。交亲若要知形候，岚嶂烟中折臂翁"（《又一绝请为申达京洛亲交知余病废》）、唐彦谦的"白发三千丈，青春四十年。两牙摇欲落，双膝痹如挛"（《自咏》）、杜荀鹤的"白发随梳落，吟怀说向谁"（《近试投所知》）、裴说的"眼闭千行泪，头梳一把霜"（《送进士苏瞻乱后出家》）、李建勋的"肺伤徒问病，发落不盈梳"（《中酒寄刘行军》）等等。诗中的诗人形象俱是迟暮残年，鬓发花白，牙齿摇落，老朽不堪。并且，他们对人生的垂暮之感是不分年龄阶段，不分时令节候的，甚至是颠倒混乱地使用。他们把本该属于传统诗歌中"宋玉悲秋"的典故和感慨，转移到了昂扬蓬勃的春日；再把本该属于垂暮老人的暮年悲凉慨叹，移植到了年逾弱冠的红颜少年身上。韩偓《惜春》说："年逾弱冠即为老，节过清明却似秋。"这样强烈的对比和反差，已经不再是诗人缘物生情式的外物感兴，而是纯粹的诗人内心感受强加于外物的有意为之。

唐末诗人诗歌作品中的气格卑弱，还表现在中下层社会地位低微的文士、官员中。在投诗干谒和与中上层文士、官员交往的过程中，他们以一篇篇诗作诉说自己疾病孤寒、落魄无依，以阿谀奉承、哀声求告的言辞求得荐举。这在杜荀鹤诗中表现得尤为明显，我们来看他的两首投寄诗：

　　　一饭尚怀感，况攀高桂枝。此恩无报处，故国远归

时。只恐兵戈隔，再趋门馆迟。茅堂拜亲后，特地泪双垂。（《辞座主侍郎》）

丹霄桂有枝，未折未为迟。况是孤寒士，兼行苦涩诗。杏园人醉日，关路独归时。更卜深知意，将来拟荐谁。（《下第出关投郑拾遗》）

第一首诗先是表达对投寄对象"一饭之恩"的感激涕零，和自己望攀高枝的惶恐不安；其次言自己即将归去，只恐未来没有机会报答深恩，又害怕世道兵乱，不知何时才能再次谒见；最后言归家后无颜拜见双亲，暗含乞怜对方荐举之意。第二首也是同样先说自己对蟾宫折桂的深深渴盼；次则自哀自怜，称自己为孤寒之士，作苦涩之诗，并写落第后失意醉酒独归之状；末句表达内心对前路的茫然和渴求荐举的苦涩心理。杜荀鹤在唐末诗名颇重，但其人品为人所不齿，他的这类干谒诗歌多卑下鄙俗，这也是其品行多遭后人诟病的原因之一，比如《观林诗话》就说："杜荀鹤诗句鄙恶。"① 余者诸如黄滔的《下第东归留辞刑部郑郎中诫》"万里家山归养志，数年门馆受恩身"、胡曾的《早发潜水驿谒郎中员外》"已是大仙怜后进，不应来向武陵迷"、方干的《送班主簿入谒荆南韦常侍》"试吏曾趋府，旌幢自可亲"、罗邺的《留献彭门郭常侍》"到头忍耻求名是，须向青云觅路岐"，如此等等，大类其状。

唐末诗歌作品气格卑弱的最后一种，便是直写哀情愁绪，

---

① （宋）吴聿：《观林诗话》，见丁福保辑《历代诗话续编》上，中华书局，1983，第 120 页。

心事缱绻不展而又无人诉说的苦闷之感和幽独之情。唐末诗人大多经历坎坷，备受流离之苦，因而心思纤弱细腻，又因世道丧乱，不管是离别、独处，还是在流寓途中，对所见所闻的感慨，都倍觉苦涩伤情，甚少欢颜，他们不仅对自身与亲友别离时的凄凉心态刻画入里，同时眼见别人分离的情景也能延及自身，悄然而生凄凉酸楚之情，他们写"泪"是："眼闭千行泪，头梳一把霜。"（裴说《送进士苏瞻乱后出家》）"惟知偷拭泪，不忍更回头。"（杜荀鹤《别舍弟》）"欲饮先落泪，多是怨途穷。"（许棠《日暮江上》）这样的泪水和白发，怎不让人呜咽动容？他们写到"凄凉"处是："曾向天涯怀此恨，见君呜咽更凄凉。"（韩偓《见别离者因赠之》）"独上黄金台，凄凉泪如雨。"（曹邺《东武吟》）"客是凄凉本，情为系滞枝。"（吴融《松江晚泊》）写到"伤心"处是："雄豪亦有流年恨，况是离魂易黯然。"（韩偓《流年》）"侬家云水本相知，每到高斋强展眉。"（秦韬玉《题刑部李郎中山亭》）"天末雁来时，一叫一断肠。"（邵谒《秋夕》）满眼望去，到处是伤心景，满眼是落魄人。他们在分离的路口，在日暮的江边，在登高远望的关头，在北雁南归的秋日，呜咽落泪，自伤自悲。

唐末诗人不仅心绪积郁，感情的表达上也显得遮遮掩掩，欲说还休，没有了初盛唐诗人那种喷涌勃发，一气呵成的酣畅淋漓之感，他们往往暗藏心事、三缄其口。杜荀鹤《出常山界使回有寄》说："开口有所忌，此心无以为。行行复垂泪，不称是男儿。"秦韬玉《寄怀》说："总藏心剑事儒风，大道如今已浑同。"唐末诗人眼中所见俱是"马饥餐落叶，鹤病晒残阳"（李洞《郑补阙山居》）的景象，这种衰败的景致，如同枯枝落叶一样层层叠叠地在他们心里堆积起来，一点一点地吞噬着他们对社会、对家国的社会责任感和自我使命感，使唐末诗歌显得气弱格卑，风骨衰颓。

## 二 细微幽约，纤巧刻抉

初盛唐诗人（尤以李白为代表）由于受时代昂扬向上风貌和自身才情性灵等因素的影响，作诗讲究的是"不着一字，尽得风流"①，往往一触即觉，不假思量，一气呵成。诗歌也显得感情充沛，气脉流转，有一泻千里的气势和张扬外放的情怀。不同于初盛唐诗人的创作方法，唐末诗人在遣词造句上显得捉襟见肘，束手束脚。他们苦心为诗，创作出了一系列的遣词用字之法，为后世唐诗接受中"诗学晚唐"一路提供了方式和范例。然而相较于初盛唐诗人，不管是遣词造句、格调气象，还是兴趣气骨，都不复那种张扬外放的特质，显示出困于字词句法而不得出的倾向。这些特征，既是诗人心态内敛的体现，也反过来印证了诗人心态内敛这一特质。

明代学者王夫之在《相宗络索》里把唐人作诗的方法分为"现量"、"比量"和"非量"，认为："量者，识所显著之相，因区画前境为其所知之封域也。境立于内，量规于外。前五以所照之境为量，第六以计度所及为量，第七以所执为量。'现量'现者，有现在义，有现成义，有显现真实义。现在，不缘过去作影。现成，一触即觉，不假思量计较。显现真实，乃彼之体性本自如此，显现无疑，不参虚妄。"② 这更

① （唐）司空图：《二十四诗品》，重庆大学出版社，2019，第146页。
② （明）王夫之：《相宗络索》，《船山全书》第十三册，岳麓书社，2011，第536页。

从诗歌创作手法不同而语言表现不同的角度，明晰了初盛唐诗人和中晚唐诗人的不同之处。概而言之，初盛唐诗人的诗歌创作属于"现量直观"，不拘泥于语言细节，而更加注重诗歌的现实功用和感情的充沛自然。到了晚唐、唐末，诗人诗歌创作则流于"比量计度"，尤其是以贾、姚为代表的"苦吟诗人"，夜以继日苦思冥想，搜肠刮肚无所不及，但又显得诗境狭小，内容匮乏，"晚唐人非风、花、雪、月、禽、鸟、虫、鱼、竹、树，则一字不能作"。[①] 因而晚唐、唐末诗歌显示出细微幽约、纤巧刻抉的特征，而传统诗论家认为诗歌不可纤巧，纤巧则气弱。气弱便不能宏放，这从诗人诗歌创作心态上来讲，是明显地向内收敛了。

内敛的心态使唐末诗人在日常生活中观察细致，体物入微。较之初盛唐的粗豪外放，他们对身边一事一物的感受都显得更加细腻敏感，所以他们多写"萤""蛩""芷芽""苔藓"等微末细小不容易引人注意的事物，而且多用"微""随""侵""绕"等动作幅度较缓慢、较轻微的动词来修饰，如李咸用写旅夜独坐的感受："秋风萤影随高柳，夜雨蛩声上短墙。"（《旅馆秋夕》）罗隐途经建康所见："山寒老树啼风曲，泉暖枯骸动芷牙。"（《建康》）郑谷写竹子："侵阶藓拆春芽迸，绕径莎微夏荫浓。"（《竹》）韩偓闲居所见："麋鹿跳梁忧触拨，鹰鹯搏击恐粗疏。"（《闲居》）感情之细腻，体物之纤细，都是中晚唐诗人所不及的。由此，唐末诗歌也自然显示出细微幽约、纤巧刻抉的特征。

---

① （元）方回选评，李庆甲集评校点《瀛奎律髓汇评》卷四二，上海古籍出版社，1986，第 1500 页。

# 第四节 时间上的矛盾恍惚

对时间的慨叹和对空间的敏感一直是从古至今任何一种文学形式都逃避不了的永恒话题。《尸子》说："天地四方曰宇，往古来今曰宙。"① 时间与空间的观念早在先秦时期就已经形成并影响着人们的思维方式。大概来讲，诗人们处在不同的人生阶段和生存空间，心态表现也不相同，人生的青壮年时期会显得昂扬进取，张扬外放，到了暮年则会显得低沉消极，潜气内敛。空间范围的阔大高朗会使心情舒展、精神外放，空间范围的逼仄狭小则会使心态萎缩，拘束收敛。李白在《春夜宴从弟桃李园序》中说："夫天地者，万物之逆旅也；光阴者，百代之过客也。"② 可见初盛唐诗人的时空观念是与古往今来的历史和天地四方的空间紧紧相系的，是畅达无阻的。但到了唐末，社会环境的巨大变化对诗人心态产生了深刻的影响，即使是正值人生青壮年时期的唐末诗人，处在衰亡丧乱的末世也难免有不遇之感和迟暮之叹。唐末诗人诗歌创作中对时空的敏感把握正体现了其内敛的心态。

## 一 时间感之一：短促、瞬逝

唐末诗人所处的时代给他们的心灵带来了巨大冲击。人生青壮年时期本应该昂扬奋发的身心状态，受到家国破碎、

---

① 李轶、李守望译注《尸子》下，见《二十二子详注全译》，黑龙江人民出版社，2003，第 52 页。

② 瞿蜕园、朱金城校注《李白集校注》下，上海古籍出版社，1980，第 1590 页。

末世丧乱的巨大打击而不得不向内收缩。这一张一弛间，诗人对抽象的、概念性的时间和生命，以及对打上时间和生命深深烙印的具体形象，如流水、白发、年岁、节候等，都产生了不同于前辈诗人的独特感悟和特殊感受，他们以细腻敏感的情绪，在对这些和时间紧紧相系的事物的咏叹中，抒发着内心巨大的痛苦和愁思。

自孔子在川上对着流水感叹"逝者如斯夫，不舍昼夜"开始，奔流不息的"流水"就被赋予了时间永恒不止的具象特征，所以唐末诗人多把"时光"称为"流年"，意味着像水一样日夜不息地流逝的年华。而"白发"则本身天然地就是衰老的一种具象性的外在表现，唐末诗人在对流水和白发的惆怅吟咏中，慨叹着时光的瞬逝和生命的短促。

初盛唐诗人对时间的感受是具有历史感和跳跃性的，他们不局限于一朝一代、一时一刻，他们即使在感叹"人生代代无穷已，江月年年只相似"（张若虚《春江花月夜》）和"年年岁岁花相似，岁岁年年人不同"（刘希夷《代悲白头翁》）的时候，也是充满了时间的跳跃性、延展性，和宏大的亘古情怀的，他们关注的是古往今来的宏大宇宙，是循环不穷的生命体悟。而唐末诗人则更多地把对时间易逝的慨叹回收聚焦到了一己之身上，如李建勋的"老觉光阴速，闲悲世路多"（《早春寄怀》），杜荀鹤的"流年留不得，半在别离间"（《与友人话别》），他们在乱世流离中郁郁不得志，放任时光流逝，却在某一日的痛苦中，偶尔惊醒的时候，突然发现青春已逝，无法回头。这样的感受是复杂难言的，时光带走的不仅是他们的青春岁月，更是人生青壮年时期所有的梦想、志向和残留的一点希冀。但最终，时光逝去了，便不再回头："但见时光流似箭，岂知天道曲如弓。"（韦庄《关河道中》）"白云事迹依前在，青琐光阴竟不回。"（罗隐《九华山费征君所居》）梦想破灭了，也再难重立。无论是时光，还是志向，对于他们来说，都是单向性的。他们不像初盛唐诗人那样，今年花落，期待着来年还会发芽，他们是绝望的，是没有寄托的。

白发，是唐末诗人表达时间短促、易逝的一个最为常用的、具体的，且具有代表性的意象。以典型的唐末诗人为例，他们在诗歌中多有对白发的描述，且对"白发"的产生有着特殊的情感体验和生命体悟，如韦庄"惆怅沧江上，星星鬓有丝"（《寓言》）、黄滔"一声初触梦，半白已侵头"（《河南府试秋夕闻新雁》）、曹松"平生五字句，一夕满头丝"（《崇义里言怀》）、唐彦谦"酒中弹剑发清歌，白发年来为愁变"（《叙别》）、李建勋"东君不为留迟日，清镜唯知促白头"（《春日尊前示从事》）等等，他们对白发产生的感受是一夕之间，满头皆是，无论是在生长的速度上还是过多的数量上，都使他们感到讶异和难以接受。但这种情绪又不同于李白"白发三千丈，缘愁似个长"（《秋浦歌》）式的夸张浪漫和奇特幻想，唐末诗人一夜白头的描述虽然也有夸张，如裴说："眼闭千行泪，头梳一把霜。"（《送进士苏瞻乱后出家》）但比着李白，已经显得收束内敛了许多，且白发与哀愁的联系，因为现实社会和人生境遇的烘托，显得更为真实而痛切。

## 二 时间感之二：漫长、空闲

唐末诗人对时间的感受是很矛盾且奇特的：他们一方面

慨叹时光的短促和瞬逝，另一方面又深切体验着时间上的漫长和空闲。

他们在这漫长的空闲时间里，以细腻的心灵体验着不同质的生命形态带来的心灵冲击，在静夜里独自品咂着时间缓慢流淌所带来的凄凉和孤独。他们在深夜里独坐独酌，听着更深夜重风雪敲窗的声音："炉畔自斟还自醉，打窗深夜雪兼风。"（崔道融《酒醒》）他们在江边的小船里深夜无眠，细数沙月流光，身边是满船熟睡人的鼻息声："独对沙上月，满船人睡声。"（崔道融《江村》）愈发显出这一个独醒者的孤独。他们病中更是惆怅，甚至彻夜无眠，直到早晨衙门的喧哗声起："病卧四更后，愁闻报早衙。"（李洞《江干即事》）还有早晨寺院的法鼓声、钟磬声："会隔晓窗闻法鼓，几同寒榻听疏钟。"（卢士衡《寄天台道友》）夜晚淅淅沥沥的小雨滴答声："昨夜南窗不得眠，闲阶点滴回灯坐。"（李建勋《细雨遥怀故人》）这种种声音，只有在时光缓慢、人心静寂的时候才能萦绕心头。

这种工致的描绘，有着强烈的代入感，对读者来说，能更容易而清晰地把握诗人诗歌创作时微妙的心理状态，一杯浊酒、彻夜风雪，一船梦语、几声疏钟，一夜风雨，晨钟报晓……都在时光的缓慢流淌中变得清晰、具体，这种静观中产生的敏感思绪，又因无人相伴，无人诉说，无法排解，而愈发显得孤独凄凉。蒋寅在《大历诗风》中说："诗人的感觉一旦与确定的时间、对象胶着，那么他的心灵就再也难以超越瞬间经验而与宇宙的生命律动、历史的时间节奏共振了。"① 的确，愁苦的思绪一旦在某一时刻没有节制地蔓延开来，便会在有限的时间内，把诗人当时的心绪无限地拉伸、延展，情绪的饱满、浓郁而无法释放，又会使时间显得漫长、煎熬，唐末诗人把自己围于这样某个时间节点的"怪圈"里，兜兜转转，走迷宫一样始终找不到出口。

对时间感受上的短促、瞬逝和漫长、空闲看似是独立矛盾的，但又有一定的一致性和合理性。其共同的产生基础便是心态的内敛，内敛的心态一方面让他们对外部社会环境感到彻底绝望，返回自己狭小的生活圈子诗酒度日，恍惚迷离间人生已经过半，自然觉得时光似箭；另一方面，内敛的心态又源自他们对自身功业前途的彻底绝望，放弃了对功成名就的人生追求之后，他们失去了人生目标，常常感到空虚迷惘，具体到某一时刻，因为有大把的时间无事可做，百无聊赖间，又顿生时光难熬的感触。二者在心理指向上其实是一体两面，殊途同归的。

## 三 时间感之三：恍惚、矛盾

唐末诗人时间观念上的恍惚和矛盾的感受，不仅体现在短促、瞬逝和漫长、空闲的对立上，还体现在心理感受上的时间、季节与现实生活中的物候、节气的不一致上，而对立和矛盾会使人生发对生命本身的恍惚感。

这种恍惚、矛盾的时间感受，具体表现在两个方面。其一是对少年白头的哀惋悲叹，杜荀鹤在这方面极为典型："年少髭须雪欲侵，别家三日几般心。"（《舟行即事》）"争知百

---

① 蒋寅：《大历诗风》，凤凰出版社，2009，第125页。

岁不百岁，未合白头今白头。"（《隽阳道中》）"未合白头今已白，自知非为别愁生。"（《叙吟》）反复申说少年白发的心酸和苦痛，"欲侵""争知""未合"，这些字眼是诗人内心几经斗争的流露，时光年岁对他们来说，已经不能用瞬间飞逝来形容了，他们好像是直接跨过了本该昂扬奋发的青壮年时期，由少年直接迈入了暮年，心态的变化远远比头上的白发更能体现这种暮年苍老的感觉。其二是春日似秋的惝恍迷离，如徐寅的"两鬓当春却似秋，僻居夸近野僧楼"（《依韵赠南安方处士五首》其一）、裴说的"三年清似水，六月冷如冰"（《赠县令》）。另有两者兼说的，如韩偓的："年逾弱冠即为老，节过清明却似秋。"（《惜春》）如此等等，不一而足。他们身体和心灵的季节感已经完全紊乱失序了。

与我国诗歌传统中的"伤春悲秋"不同，唐末诗歌不仅仅是对春日短暂，繁花易逝，美好事物一夕凋零的惋惜哀叹，也不仅仅是对秋日萧瑟，枯木寒霜，大地即将失去生机，复归苍茫的悼送。外界严酷的大环境横扫了生活中一切可能使诗人感受到希望的事物，他们在春日里感受到的不再是万象初萌、生机盎然的景色，而是万物肃杀、生气全无的冷冽。"禾麻地废生边气，草木春寒起战声"（唐彦谦《毗邻道中》），农田荒草丛生无人耕种，本该是熙熙攘攘的大道人声廖落、边气陡生，试问身处这样的世道，即使是春日，哪里还有一点盎然的生机？季候节令对他们来说是错位的、是冻结了的，他们的心灵被凝固在了秋日肃杀的氛围中，再也无法与四季变换、节候流转、春华秋实、夏耕冬藏这一系列自然界的时序相生相息，再也感受不到不同节候、时令带来的独特感受和心灵震颤。一旦诗人的感觉被凝固、被冻结，囿于一种主导的情绪而无法自拔，心态变得内敛，而随着心态的内敛诗思也自然不复以往的圆润流转，那么诗歌创作也必然走向滞涩、收束。

## 四　时间感之四：断层、断裂

唐末诗人对时间的感悟上还有一种奇特的现象，就是以"十年"为单位，多写自己人生数十年里碌碌无为、虚度光阴的黯然喟叹。这种对时间、年岁的感受是断层的、断裂的。如果说恍惚和矛盾的感受割裂了唐末诗人与四季节序的联系的话，那么这种断层和断裂就割裂了他们对整个人生的思索比较，和对上下千年历史的感知探究。感情显得内敛含蓄，视野自然也显得狭小偏隘。

唐末诗人心态内敛，对时间、年岁的感受上也显得拘束不放。他们人生青壮年时期本应该奋发有为的二三十年，均被流离的世道和坎坷的人生消磨殆尽。他们对这一段宝贵的生命阶段白白浪费是痛惜的，然而又是无奈的，所以只能在诗歌中反复吟唱，反复诉说。

这种对年岁上的断层、断裂的感受主要表现在两个方面。

其一是从密集度上来讲，唐末诗人对个人自我人生体验中"十年"的感受有着反复性、高频率的诉说，比如杜荀鹤、张蠙、黄滔、徐夤等，在各人诗歌中均有大量的描述，杜荀鹤的"十五年来笔砚功，只今犹在苦贫中"（《秋日湖外书事》）、"三十年吟到今日，不妨私荐亦成公"（《投从叔补阙》），以及《旅社遇雨》《乱后出山逢高员外》《哭山友》《宿东林寺题愿公院》《哭贝韬》《感春》等篇中均有类似的表达。张蠙有"鹿鸣筵上强称贤，一送离家十四年"（《自讽》）、"十五年看帝里春，一枝头白未酬身"（《投所知》），还有《下第抒怀》《言怀》《叙怀》《访建阳马驿僧亚齐》等。黄滔有"灞陵桥外驻征辕，此一分飞十六年"（《遇罗员外衮》）、"相知四十年，故国与长安"（《寄林宽》）等，另有《别友人》、《寓言》、《经安州感故郑郎中二首》其一、《寄越从事林嵩侍御》、《旅怀》、《寄同年封舍人渭（时得来书）》、《归思》、《边将别》等。徐夤有"绿树多和雪霰栽，长安一别十年来"（《忆牡丹》）、"丹桂攀来十七春，如今始见茜袍新"（《赠垂光同年》），以及《北山秋晚》《长安述怀》《题泗洲塔》等。

其二是从普遍性上来讲，唐末诸多诗中都有类似对"十年"的慨叹，诸如张乔的"溪僧与樵客，动别十年期"（《秋夕》）、高蟾的"一醉六十日，一裘三十年"（《道中有感》）、崔涂的"未敢分明赏物华，十年如见梦中花"（《上巳日永崇里言怀》）、王贞白的"忆昔仗孤剑，十年从武威"（《古悔从军行》）、崔道融的"九天飞锡应相诮，三到行朝二十年"（《山居卧疾，广利大师见访》）、曹松的"忆昔同游紫阁云，别来三十二回春"（《赠广宣大师》），余者还有裴说的《岳阳兵火后题僧舍》、李洞的《中秋月》、于邺的《书情》、伍唐珪的《山中卧病寄卢郎中》、熊皎的《怀三茅道友》、陈陶的《江上逢故人》等，诗中都有对"十年"的切身体验和独特感受。

不论是从密集度上讲，还是从普遍性上说，唐末诗人对"十年"（尤其是青壮年时期）这一人生阶段的偏爱性描写，是有着其独特心理体验的。首先，对他们自身来说，人生中最好的数十年均在让人痛苦、绝望的压力下被日日消磨掉了。

等他们惊醒的时候，才发现对这"十年"的印象是模糊的、断裂的，没有什么特殊的事件和美好的记忆，能让他们对这十年难以忘怀，充满眷恋。他们只是下意识地感觉到最好的十年过去了，再也回不来了，因而感到莫名的哀伤，但他们具体也说不明白、说不清楚在哀伤些什么。这十年似乎只是个梦境，一夕皓首，徒留一片空白，这样的情绪是让人极度痛苦的。其次，是对离散数十年的亲友之间的情感来讲，诗人送别亲友，或被亲友送别的时候，或者与亲友久别重逢的时候，时间和情感之间的天然联系是断裂的。一别之后数十年不得相见，音信全无，等再见的时候，早已是物是人非，彼此消息不通，曾经的"亲近"和如今的"情怯"的对比，相视无言之间，是数十年光阴划开的一道鸿沟，光阴的离散，带来的不仅是时间上的断裂，更是情感上的断层。他们的个体生命和这数十年的光阴胶着着、对峙着、哀伤着、缅怀着，眼光再也没办法投射到更为广阔的历史长河中、千年时光里。

不论是心态的内敛让他们诗歌创作中出现了这样的聚焦点，还是诗歌创作焦点的转移加剧了心态的内敛，唐末诗人在对时间的感受上，比之之前的诗人，无论是境界还是眼光上，都大大缩小了、含蓄了、内敛了。

## 第五节　空间上的拘束阻隔

如果说时间感受上的种种特征，还只是唐末诗人心态内敛的较为内化、抽象的表现的话，那么唐末诗人诗歌创作中描述空间时，所表现出的种种共性特质，则是内敛心态的另一种更加外化、具体，而清晰的征象。心态上的内敛导致唐末诗人诗歌创作中的空间视角呈现出聚焦、收缩，狭深、闭锁，遮掩、阻隔三个主要特征，而这种向内收束的视角又是唐末诗人心态内敛的有力明证，二者是循环互证的。

## 一　空间感之一：聚焦、收缩

唐末诗人诗歌创作的空间观念中的首要特征，就是聚焦和收缩，而这种聚焦和收缩最明显地表现在对"孤鸟"和"长空"这两个独特意象，和由它们构成的画面的描写上，以及在描述它们时对"入"字和"没"字在使用上的偏爱。

对于初盛唐诗人来说，张说有："叶落苍江岸，鸿飞白露天。"（《蜀路二首》其一）王维诗中也有："秋山敛余照，飞鸟逐前侣。"（《木兰柴》）可以看出，在初盛唐诗人的笔下，长空中的飞鸟是开放的、自由的、没有拘束的，他们并没有把眼光和视角盯在某一个具体的形象上，飞鸟和长空组合起来的画面，是自然地融为一体的，这是他们心态外放无阻的一种映射。

但是到了唐末则不同，下面一组诗源自唐末诗人对长空和飞鸟的描述：

残林生猎迹，归鸟避窑烟。（唐彦谦《岁除》）

四面闲云入，中流独鸟归。（张乔《题灵山寺》）

长空澹澹孤鸟没，万古销沉向此中。（杜牧《登乐游

原》）

偶避蝉声来隙地，忽随鸿影入辽天。（陆龟蒙《新秋杂题六首·坐》）

天边飞鸟东西没，尘里行人早晚休。（周朴《登福州南涧寺》）

扶起绿荷承早露，惊回白鸟入残阳。（司空图《华下》）

我们从以上的诗句中可以看出，在对飞鸟和长空的描写中，"入"字和"没"字是最常见的修饰词。以上例句前两首五言诗中，鸟是归鸟，归鸟意象是由诗人的视角为出发点辐射性地向内收敛的，指向性是由远而近，由外而内的。而后四首七言诗则是向外发散的，是孤鸟，指向性是由近而远，由内而外的，最终消失在了苍茫天际。它们所去的指向是两个完全相反的方向，但它们的共同点是，诗人们的视角都聚焦在了一个点上，而这个点正是全句的中心和诗人眼光焦点所在，不论是向内还是向外，在空间的表现上都是聚焦的、收缩的，而不是与周围景物浑然一体的。

这种聚焦和收缩一旦形成，便成了情感基调的着眼点，把这种焦点放在任何一个画面中，即使是辽阔的、浑厚的、巨大的、苍茫的空间，如杜牧《登乐游原》中描写的"长空澹澹""万古销沉"，本该是阔朗高远的画面，但诗人的视角一旦集中在了万里长空中的一点即将隐没的孤鸟身上，并由此生发开来，认为亘古以来的千年时光都会像这一点点逐渐消失在长空中的孤鸟一样，最终踪影全无，整首诗歌的视域就顿时缩小了，境界也收敛了，余下的只是诗人面对天地万物终将消逝的绝望和哀伤。"没"是消散无踪，一切归于虚无，而"入"字更是一种带有单向性、收束性、方向感的动词，含有"向里"的意思，对它的频繁使用，更加强化了诗歌意象使用上向内收敛的画面感和心理趋向性。

## 二　空间感之二：狭深、闭锁

唐末诗人空间感受上的第二个特点，便是狭深和闭锁。这一点主要体现在他们对"重门"和"高楼"的描写中，以及遣词造句的时候，对"深""入""闭""锁""关""碍"等描述性的形容词和动词的偏爱性使用上。比如崔道融的"朱楼高百尺，不见到天明"（《月夕》）、韦庄的"繐帐扃秋月，诗楼锁夜虫"（《哭麻处士》）、秦韬玉的"按彻清歌天未晓，饮回深院漏犹赊"（《豪家》）、章碣的"锁却暮愁终不散，添成春醉转难醒"（《雨》）、唐彦谦的"野鹜寒塘静，山禽晓树深"（《原上》）、杜荀鹤的"闭门非傲世，守道是谋身"（《山中贻同志》）、李洞的"三印锁开霜满地，四门关定月当空"（《东川高仆射》）、郑良士的"碍天岩树春先冷，锁院溪云昼不销"（《寄富洋院禅者》）等等。这种着眼于对日常性生存空间和生存状态进行描述的诗句，更接近诗人生活的真实一面。同时，这种对于重门深锁、闭门不出、庭院深深、春梦沉沉的描述，也容易使读者联想到传统诗歌题材中的闺怨诗、宫怨诗，以及其中的弃妇、宫女等被幽闭、被囚禁的形象，而相对于女性的被迫幽独和无力反抗的处境，唐末诗人这种自发的、自愿的闭锁状态就显得更为深刻，且更具有心理上内在、深入的指向性。他们终日把自己深锁在一方狭窄、幽深的小小天地里，闭门不出，独自寂寥，物理空间范围的缩小，必然导致心理空间的萎缩。他们独自品咂着寂寞、孤独和痛苦、绝望所酿出来的苦酒，忧愁思绪无法排遣，无法消散。

作为开关动作的媒介和着力点，"门"成为唐末诗歌中常见的意象。由它所传递出来的信息是复杂的，对于唐末诗人来说，关闭的、上锁的"门"，首先代表了他们对外界的一切事物都呈现出一种"拒绝"的姿态和不接纳的态度，这种对立和抗拒其实从很大程度上来说是心理空间上的，而不是物理空间上的。唐末诗人身处末世，大多奔走流离，居无定所，更不用说是终日生活在连苑高楼、深深庭院里了。他们只是在内心深处重门紧闭，以拒绝的姿态来对抗世事，门上的锁其实更是一把"心锁"。其次，紧闭的"重门"和深深的"庭院"，更是一种自我保护的隐喻。当外界大环境风雨飘摇，人们感到深深危机感的时候，狭深的、封闭的小小空间更容易让人产生安全感。诗人们把自己脆弱敏感的心灵锁进这样的一个小小空间里，以保留最后的一点初心，等待乱后复出的一点烛火一样微弱的希望，正如以上诗歌中杜荀鹤所表达的那样，闭门不是因为傲世，守道只是为了谋身。

### 三 空间感之三：遮掩、阻隔

遮掩和阻隔，是唐末诗人空间感受的第三个特征。这一重特征不同于前两者的绝对性态度，它带有一定可伸缩的弹性，就像是虚掩着的"门"，在闭锁的过程中保留了一道窄窄的缝隙，以及天空中层层的"云"、漠漠的"轻烟"和缠绵的"雨幕"，虽然浓稠，但总还有一丝一缕的缝隙，是他们在拒绝的同时，又渴望和外界沟通交流，渴望有一束光亮照进来的复杂微妙心绪的折射。

唐末诗人诗歌作品中最能表现这种空间上遮掩、阻隔状态的便是"掩门"这一动作，这种"掩门"的动作往往用很多种形容词来修饰，并与人物的动态以及周围幽深的环境互相映衬着来描写，有时候是"半掩"，如："日晚宿留城，人家半掩门。"（唐彦谦《宿独留》）有时候是"空掩"，如："深入富春人不见，闲门空掩半庭莎。"（郑谷《寄赠孙路处士》）有时候又是"深掩"，如："柴门深掩古城秋，背郭缘溪一径幽。"（崔道融《郊居友人相访》）或是在宫词中代拟女性心理，来描写黯然伤神地等待时候的凄凉："绣裙斜立正销魂，侍女移灯掩殿门。"（韩偓《宫词》）写伤春自怜的哀伤："帘垂粉阁春将尽，门掩梨花日渐长。"（李建勋《宫词》）或是抒情言怀，写游人过尽，门掩黄昏，诗人独自登楼的落寞："游人过尽衡门掩，独自凭栏到日斜。"（崔涂《上巳日永崇里言怀》）或是写周遭环境的荒凉萧疏，松萝深深，野林漠漠，以衬托掩门后自我生存空间的清冷："门掩松萝一径深，偶携藜杖出前林。"（李九龄《山舍偶题》）如此等等，不一而足。

除了"掩门"以外，唐末诗人还喜欢用轻柔而致密的名词性的意象，如"夜雨""落絮"："窗悬夜雨残灯在，庭掩春风落絮深。"（李建勋《中春写怀寄沈彬员外》）如"重云"："冰壶总忆人如玉，目断重云十二楼。"（唐彦谦《怀友》）如"烟雨"："低着烟花漠漠轻，正堪吟坐掩柴扃。"（章碣《雨》）如"雾霭"："瘦竹弹烟遮板阁，卷荷擎雨出盆池。"（秦韬玉《题刑部李郎中山亭》）用这类意象来表达这种阻隔的心理状态，借此为诗人隔离出一方小小的较为安全的空间，产生被包裹着的感觉。

他们也喜欢用一些直接表达遮掩、阻隔的动词，如"敛""塞"："寥沉雁多宫漏永，河渠烟敛塞天空。"（翁洮《秋》）如"蔽"："怀人路绝云归海，避俗门深草蔽丘。"（唐彦谦《寄陈少府兼简叔高》）如"遮""碍"："空阔远帆遮落日，苍茫野树碍归云。"（罗隐《湘南春日怀古》）如"隔"："花朝连郭雾，雪夜隔湖钟。"（方干《镜中别业》）用此类词来直接表达这种遮掩阻隔的状态。

无论是遮掩还是阻隔，给人的空间感受和心理感受，都是带有一定距离感的，是有所保留的姿态。唐末诗人因为对社会现实和自身功业前途感到绝望，无论是心理状态还是生存空间都极尽内敛。所以无论是社会现实，还是周遭自然环境，他们都不会把自己全身心地融入其中，而是保持一定的安全距离，保持一种观望的态度。而以上"烟雨""雾霭""落絮""重云"等物象，正符合他们对这种隔断的、迷蒙的，又忧愁的、凝滞的心理状态的追求，折射在诗歌创作的审美点上，这些物象自然获得了唐末诗人的偏爱。

在内敛心态的影响下，唐末诗歌的艺术趋向发生了很大的变化，远不止以上所说的语言、意象、气格、时间、空间五个方面，仍有许多研究点值得我们挖掘。但相较之下，我们仍可以说这五个方面是极具代表性的。同时，无论后世有多少人诟病唐末诗人的诗歌作品气格不高，但正如吴可《藏海诗话》所说："唐末人诗，虽格不高而有衰陋之气，然造语

成就。今人诗多造语不成。"① 这不仅是对唐末诗歌艺术臻于
圆熟的客观评价，同时也是对唐末诗歌在某种程度上的一种
认可。在内敛心态的影响下，唐末诗人对诗歌艺术不懈追求，
使唐末诗歌发生了诸多变化，同时影响到五代、宋初的诗人
心态、诗歌审美和艺术追求，以及宋代婉约词的发生和繁荣。

① （清）吴可：《藏海诗话》，见丁福保辑《历代诗话续编》上，中华书局，
1983，第329页。

# 第六章

## "内敛心态"与唐宋诗歌转型

文学史是层累式的，从传播接受的角度讲，历朝历代的文坛大家及其文学作品，都会对后世文人产生一定的影响。但若从心理学角度来解析唐末诗人的内敛心态，与其说是唐末诗人对前代诗人作品的学习和接受，不如说是一种更为强大的，且具有内隐性的文学惯性，这是自安史之乱后，从外放向内收的创作心态的延续，同时也是一种社会性的文化风气，和一种整体性的文人性格的延续。

外放与内敛，其实是人的两种基本性格，由此在诗歌创作中自然生发出两种不同的创作方式，形成张扬外放与内敛隽永两种不同类型的诗歌风貌。这两种基本的心理状态对唐宋诗产生了不同的影响，缪钺论唐宋诗的差别时说："唐诗以韵胜，故浑雅，而贵蕴藉空灵；宋诗以意胜，故精能，而贵深折透辟。唐诗之美在情辞，故丰腴；宋诗之美在气骨，故瘦劲。"① 此论以诗性的语言和形象化的方式，呈现出了唐宋诗歌风貌的不同，从而成为被反复提及的定评，为大众所熟知并接受。更有研究者从心理学的"内敛"和"外张"角度入手，分析唐宋诗之别，认为："人的心理思维形式大体可分为内敛与外张两种类型。前者是喜于深微澄净，以宁静浑伦的心灵空间去观照生命、人生，多有深沉凝重之感；后者则喜于广阔飞扬，冲绝了理性的制约，任凭感情的奔涌激荡，多有张扬飞动之态。就唐、宋诗而言，唐诗多为外张之势，宋诗则多呈内敛之势，这一直是唐、宋诗之争的症结所在。"② 这其实就是不同的诗人心态所造成的诗歌整体风貌的差异。

① 缪钺：《论宋诗》，见《诗词散论》，开明书店，1948，第17页。
② 欧海龙：《灵魂的悸动与嬗变——从唐宋诗之别看宋初士人文化心态》，《中国文学研究》1999年第1期，第28页。

综合当时的所有社会因素考虑，外放与内敛形成的心理基础不一样，其影响下的社会整体诗风也不一样，这也是在探讨唐宋诗差别的时候最根本的心理基础。

值得注意的是，由外放到内敛的诗歌创作心态，在由唐至宋的发展嬗变中，其实是一个迂回渐进的过程，呈大范围由外向内、由浅入深地发展，且小范围波浪式前进的特征。从宏观的视角比较唐宋诗的差异，我们能很明显地看出唐诗外放而宋诗内敛的特征，但在某一具体时段，比如说宋初"开口揽时事，议论争煌煌"（欧阳修《镇阳读书》）式的士大夫特有的精神风貌，①使宋诗也会呈现出士人积极进取，干预时政的一面。但具体的小波浪式的回流并不影响大方向的前进。

盛唐人以天赋的才情和豪迈的气概把"张扬外放"的心理因素发挥到了极致，盛极必衰，从中唐开始，历经战乱，诗人心态逐渐内敛，故陆时雍《诗镜总论》说："中唐诗近收敛，境敛而实，语敛而精。"② 到了晚唐出现了李商隐对心灵世界的奇谲缠绵的描写，在有限的篇幅内极大地拓宽了诗人心理世界的容量："李商隐的无题诗在抒写隐曲情感方面富有创新意义，在于它以最大的限度扩展了诗篇的心理空间，以致把全部外在的情事都包罗、消融到这里面来，从而给作品带来了巨大的心理容量。"③ 而唐末社会的破坏性就像一个转折点，它以摧枯拉朽之势产生了巨大的社会破坏力，基本

---

① 金净：《文官政治与宋代文化高峰》，见《国际宋代文化研讨会论文集》，四川大学出版社，1991，第19~36页。

② （明）陆时雍：《诗镜总论》，见丁福保辑《历代诗话续编》下，中华书局，1983，第1417页。

③ 陈伯海：《唐诗学史稿》，河北人民出版社，2004，第160页。

摧毁了原本所有既定的社会秩序，同时破坏掉了诗人外向型的功业愿望和人生追求、现实追求，使他们不得不转向自身生活，关注自我心绪。

到了宋代，宋初统治者实行的各种崇文抑武、修身养性的政策，又把文人往自身心性的修养上引导。社会文化的转型，使文人在日常生活上开始普遍追求一种安然闲适、自得其乐、任性平淡的生存状态。在心理上则常常自我反省、慎独自持，注重个人心性的修养。自此，"内敛"性的诗歌创作心态由开始的内倾、内转。伴随着唐王朝的灭亡，最终完成了由外向内"收缩"的第一阶段，即达到了量的积累的临界点。经过宋人理性精神和自我反省的熏染，诗歌创作开始转向了"养心"的第二阶段，即质的改变，开始朝着一种比唐人更为纯粹的、无目的、无意识的方向"向内收缩"，更具内涵和张力，成为一种文人自觉的精神追求，对有宋一代的诗风、词风以及理学、儒学都产生了重要的影响。

## 第一节　从五代到宋初：触底反弹，
## 由弱转"韧"

### 一　五代诗坛：萎靡不振、废坠沉眠

"内敛"心态在五代诗坛的延续，相对于由中唐至唐末的明显变化来说，则显得较为隐秘和微弱，呈现出的是一种在蛰伏中缓慢过渡的"休眠"状态。这并非说五代诗人心态不再内敛，而是整个五代十国，由于社会的极度动乱和破碎，

对文学创作尤其是繁盛的唐诗创作造成了致命的打击，文坛萎靡不振，士风及诗风每况愈下，几乎没有值得一提的诗人和作品产生。

伴随着末世的血雨腥风，动荡流离，大唐王朝最终无可挽回地走向了覆亡的深渊。从907年唐亡，到960年宋太祖建宋，这53年在历史上属于五代十国，是中国历史上少有的以"乱"著称的时期，史载：

> 自唐家失御，藩帅迭侮，朝疏封宠，夕希姑息，甚者自裨校而下，遍置私人，招来亡命，隶于牙帐……刘民之命，若草菅然；视邦之易，若置棋然……徒乃戮无罪以威下，爵匪人以悦众……民不见德，惟乱是闻。①

而士人们则陷入了更加动乱、更加黑暗的社会泥潭中无法自拔。在文学领域，五代十国时期，传统的诗歌和新兴的词体并行于世，词这种新兴的文体在南唐后主李煜手中华彩绽放，而诗歌这种传统而古老的文学样式则呈现出衰颓的气象，大多诗人是由唐末而来，诗作也带有明显的唐末遗音。

目前学术界研究五代文学所探讨的问题主要有两点，一是社会空前的"乱象"，二是由此引发的"诗不发扬"②、"文学废坠"③和诗人大多丧失气节的问题，如《旧五代史》评郭允明："每恃宠骄纵，略无礼敬。"④这两个问题的突出和

---

① （宋）宋祁：《景文集》卷二五，清乾隆武英殿木活字印武英殿聚珍版丛书。
② （宋）宋祁：《景文集》卷二五，清乾隆武英殿木活字印武英殿聚珍版丛书。
③ （元）马端临：《文献通志》卷三〇，文渊阁《四库全书》本。
④ （宋）薛居正等：《旧五代史》卷一〇七，中华书局，1976，第1414页。

强调，以及五代诗歌总体成就不高等诸多因素，淡化了学术界对唐末至五代诗人心态延续性的关注。但这并不等于说"内敛"性的诗歌创作心态不重要，或者随着唐王朝的崩毁已经断层消失了。作为一种内隐性的、强大的文学惯性，承继唐末而来的"内敛性"创作心态在五代诗人身上延续了下来，并呈现出独属于五代的时代特性。

如果说唐末社会的分崩离析，就像无情的秋风扫落叶一样使诗人们急剧地收敛心神、返归自我的话，那么进入五代，诗人们则开始经历一个长达五十余年的漫长严冬，诗歌包括诗人创作心态开始进入"冬眠期"。关于五代的动乱程度，史料中有过很多记载，如描述君主频繁更替的："五十三年之间，易五姓十三君，而亡国被弑者八，长者不过十余岁，甚者三四岁而亡。"[1] 反映人民生活水深火热的："四海渊黑，中原血红……有生不如无生，为人不若为鬼。"[2]

很多学者在著述中已经对五代社会现状及诗歌特征做过详尽的描述，如彭万隆《猛风飘电 黑云簇雨——五代诗歌的社会文化背景》认为："五代诗人那种狭窄而悲哀的心理，使得诗中很少有尘世的悲欢，人间的现实，正义的激情，深切的忧愤……五代诗只是唐诗与宋诗之间的低谷。"[3] 王培友《五代社会心理转型与诗风变化关系考论》则认为："五代诗歌风格较之晚唐发生了转变，呈现出萧瑟哀萎、清冷感伤、

---

[1] 洪本健校笺《欧阳修诗文集校笺》下，外集卷九《本论》，上海古籍出版社，2009，第1546页。

[2] （宋）宗陶岳：《五代史补》卷二《后唐》，清光绪十三年山阴宋氏刻忏花盦丛书本。

[3] 彭万隆：《猛风飘电 黑云簇雨——五代诗歌的社会文化背景》，《晋阳学刊》1994年第4期，第100页。

绮艳靡丽、缺少怨刺等特征。"① 在这样的社会现实下，社会风气崇尚甲兵武力，文学包括诗歌的地位一落千丈："为国家者但得帑藏丰盈，甲兵强盛，至于文章礼乐，并是虚事，何足介意也。"② "丧乱以来，文学废坠，举笔能文者罕见。"③ "钱氏为国百年，士用补荫，不设贡举，吴间儒风几息。"④ 彭万隆在《逸韵流风　踵唐启宋——五代诗歌的艺术特征》中，把五代诗歌的艺术特征归结为"浅俗、绮艳、清寂"⑤，而这三大特征，正反映了五代诗人的"内敛"心态。比如："香飞绿琐人未归，巢燕承尘默无语"（潘佑《失题》）、"别梦依依到谢家，小廊回合曲阑斜"（张泌《寄人》）、"向竹掩扉随鹤息，就溪安石学僧禅"（伍乔《僻居酬友人》）等等。这些诗歌都带有明显的唐末遗音和"内敛"特征。

## 二　宋初诗坛：心性省察、韧性始生

"内敛"心态对于宋代诗人创作的影响，在学界已引起了较多学者的关注。陈伯海的《唐诗学史稿》在唐宋诗的比较中，从 170 页到 309 页，曾 8 次用"内敛"、1 次用"敛情"来形容宋人的诗歌风貌和创作心态。⑥ 张毅的《宋代文学思想史》开篇第一章"北宋初期的文学思想"第一节即论述宋初

---

① 王培友：《五代社会心理转型与诗风变化关系考论》，《太原师范学院学报》2008 年第 1 期，第 103 页。

② （宋）薛居正等：《旧五代史》卷一〇七，中华书局，1976，第 1408 页。

③ （元）马端临：《文献通志》卷三〇，文渊阁《四库全书》本。

④ 胡宗楙：《胡正惠公年谱》，北京图书馆出版社，1999，第 4 页。

⑤ 彭万隆：《逸韵流风　踵唐启宋——五代诗歌的艺术特征》，《浙江大学学报》1999 年第 2 期，第 36 页。

⑥ 陈伯海：《唐诗学史稿》，河北人民出版社，2005。

诗人"向内收敛的创作心态"①，这样的观点应该引起我们的重视。

唐末诗人诗歌创作的"内敛心态"，由唐末至宋，发生了质的变化。它已经不再是唐末和五代那种由对外在社会压力的强烈抵触和生逢乱世的本能畏惧，而产生的以内收和自我保护为主的心理，而是在宋人不停追逐心性修养的脚步中逐渐走向成熟，成为一种指引文人士大夫人生仕途的一种质实性的、普遍接受认同的精神追求。

到了宋代，诗歌创作的内敛心态已经不再是简单地惧祸全身、向内收束，而演变成了一种成熟的，有韧性、有张力、有精神构架和强大支撑力量的，获得文人普遍认同的一种世界观和价值观，在无形中指引着宋人的处世方式，使他们的内心世界和心灵空间更加广阔而丰厚，生活态度更为豁达而坚毅，从而逐渐形成了区别于"唐型性格"的"宋型性格"，我们来比较韩偓和苏轼的两首作品：

> 猛风飘电黑云生，霎霎高林簇雨声。夜久雨休风又定，断云流月却斜明。（韩偓《夏夜》）

> 参横斗转欲三更，苦雨终风也解晴。云散月明谁点缀？天容海色本澄清。空余鲁叟乘桴意，粗识轩辕奏乐声。九死南荒吾不恨，兹游奇绝冠平生。（苏轼《六月二十日夜渡海》）

---

① 张毅：《宋代文学思想史》，中华书局，2006，第19页。

同样是经历了暴风骤雨后的宁静澄澈，甚至苏轼的处境较之韩偓更加飘荡危险，但其心理的韧性也更深一层，诗歌中表达的乐观、豁达、坚韧不拔也更感动人心，给人力量。宋人对事物显示出的"韧性"是极为赞赏歌颂的，如杨万里《壬子正月四日后圃行散四首》其三："旧条老硬新条韧，却向篱根拾落薪。"坚韧，意味着不易折断："脆枝弱，韧枝强。"（王质《山友辞 婆饼焦》）

唐人总是感觉到生世对自我的束缚，叹息着"不自由"，如："春风无限潇湘意，欲采苹花不自由"（柳宗元《酬曹侍御过象县见寄》）、"贵逼人来不自由，龙骧凤翥势难收"（贯休《献钱尚父》）、"时来天地皆同力，运去英雄不自由"（罗隐《筹笔驿》）、"光阴负我难相遇，情绪牵人不自由"（韩偓《青春》）、"事与时违不自由，如烧如刺寸心头"（徐夤《恨》）。而宋人却好像很少去追逐外在的"自由"，他们更在意和向往的是内心秩序的安定平和。

在内敛心态的影响下，宋人在日常生活中更加注重自我素质的修养和精神世界的构建，相比于外部世界的不易把握，他们更加注重内心世界的自省、自持，"追求自适、自乐、任运、平淡的作风在社会中广泛濡染开来"①。在面对人生的困蹇磨难时，更加豁达通透，也更加坚韧不拔。宋人对待贬谪的态度即是明证，唐代的刘禹锡、韩愈、柳宗元等与宋代的苏轼、王安石、欧阳修等，对待贬谪态度大不相同，后者因为有着强大的精神支撑，往往能在几经贬谪后依然乐观向上，在贬谪任上还能做出一些惠民留名的业绩，前者则大多表现

---

① 陈伯海：《唐诗学史稿》，河北人民出版社，2005，第169页。

的是恋阙愁苦，郁郁寡欢（当然，韩愈似乎是个例外，其强大刚毅的性格，使他的人生态度积极，且颇多惠政）。总之，这种诗歌创作中的内敛心态，从中唐到唐末，再到宋代，经历了一个由萌芽到成熟的过程，使士人们的精神修养向着更加成熟、理智、内省的方向发展。

唐末诗人内敛心态在宋初诗坛的延续，主要体现在崇尚"晚唐体"的诗人身上，而晚唐体诗的特质便是"内敛避世"①。李定广的《唐末五代乱世文学研究》第四章第二节对"晚唐体"这一概念的时间内涵，风格内涵，流变，师法渊源，创作特征及与五代诗和宋诗的关系都做了详细的论述和考辨，并认为："'晚唐'的时间范围基本上可以确定为唐朝末年的大约四五十年时间，约从懿宗咸通元年（860）直至唐亡（907），也就是我们今天所说的'晚唐后期'，与今天所谓的'晚唐'代表作家活动的时代（即"晚唐前期"）有所不同。"② "'晚唐体'作为特定指称，其内涵在有宋大部分时间里具有大致的稳定，即指的是唐末诗歌的时代风格。"③ 赵昌平先生也认为："晚唐体原指轻清细微诗风，为唐末总趋向。"④ 其所言恰与我们的观点不谋而合。

从这个角度言，晚唐体似乎称作"唐末体"或者"晚唐后期体"更为恰切。关于"晚唐体"的时间概念及其他争论，在此我们不再论述。我们仅对宋初"晚唐体"诗歌中表现出的对唐末诗人"内敛心态"的延续性特征及变化，

---

① 陈伯海：《唐诗学史稿》，河北人民出版社，2004，第 208 页。
② 李定广：《唐末五代乱世文学研究》，中国社会科学出版社，2006，第 124 页。
③ 李定广：《唐末五代乱世文学研究》，中国社会科学出版社，2006，第 138 页。
④ 赵昌平：《从郑谷及其周围诗人看唐末至宋初诗风动向》，《文学遗产》1987 年第 3 期，第 42 页。

做一个概括的描述和观照，以照见宋初诗人对唐末诗风的认同。

袁行霈主编的《中国文学史》对宋初"晚唐体"诗人的介绍较为概括，认为指的是宋初模仿唐代贾岛、姚合诗风的一群诗人，代表诗人是"九僧"和潘阆、魏野、林逋等隐逸之士，还包括寇准。九僧诗歌沿着贾岛所开辟的寒瘦冷僻一路愈走愈远，多"虫迹穿幽穴，苔痕接断楼"（保暹《秋径》）、"禽声沈远木，花影动回廊"（希昼《书惠崇师房》）、"磬断危杉月，灯残古塔霜"（惟凤《与行肇师宿庐山栖贤寺》）一类。欧阳修《六一诗话》载，进士许洞与"九僧"赋诗，"出一纸，约曰：'不得犯此一字。'其字乃'山、水、风、云、竹、石、花、草、雪、霜、星、月、禽、鸟'之类，于是诸僧皆搁笔。"[①] 由此可见其诗内容之贫乏，诗境之狭窄。晚唐体的另一个主要诗人群体是以林逋为代表的隐逸之士，其诗歌内容虽然较"九僧"质实开阔一些，但仍沿着贾岛一路字斟句酌，颇有一些类似于"疏影横斜水清浅，暗香浮动月黄昏"（林逋《山园小梅》其一）之类的精警之句，但大多有句无篇，通篇成就并不甚高，此类诗歌主要着眼于对细美幽约的事物所引起的内心情感的抒写，这是诗歌内敛性创作心态的第一种主要表现。

除了以"晚唐体"为代表的这类诗歌创作内敛的道路以外，宋初的内敛诗风还表现在其他诸多方面，张毅《宋代文学思想史》就认为，宋初馆阁唱和之风的盛行即是内敛的主要表现之一，以之为群体代表，这一类诗歌的内敛性特征主

---

① （宋）欧阳修著，郑文点校，郭绍虞主编《六一诗话》，人民文学出版社，1962，第8页。

要表现在诗人在诗歌创作中，有意无意地回避社会现实问题，眼光往往关注在自身兴趣或利益上，诗歌失去了现实的土壤，诗风必然萎缩内敛。我们来看下面一首诗：

> 倚杖残秋里，吟中四顾频。西风天际雁，落日渡头人。草色衰平野，山阴敛暮尘。却寻苔径去，明月照村邻。（孟宾于《晚眺》）

孟宾于（904—991），出生于唐末灭亡之际，经历了完整的五代时期后，又生活到了宋初，是典型的五代宋初诗人。在这首诗里，诗人在日暮的无边秋色里四顾茫然，天际有雁行，映衬着渡头的孤影，本就是一幅静寂无声的画面；诗人接下来用了一个"敛"字来形容傍晚山光退去，万物归于沉寂暮色的过程，这是一个缓慢而又凝滞的镜头；接下来诗人沿着幽幽苔径缓缓走远，伴随着明月渐渐高升。作为主要生活在宋初太宗一朝的诗人，孟宾于诗中所表现出的不是一个朝代刚刚建立，诗人心中喷薄昂扬的气势，而是仿佛一个病弱的人对暮年的沉思，这很值得我们玩味。

宋初诗人心态内敛，除了承继中晚唐、唐末而来的强大的、内隐性的文学惯性外，还有诸多原因。其一，宋朝建国伊始，经济科技发达，但军事实力薄弱。宋太祖"陈桥兵变"，黄袍加身，轻巧地谋取了政权，相较于唐太祖在马上通过战争得天下，根基本不稳固，而此时契丹日渐势强。从疆域版图范围上看，史学界向来也认为唐初的国土面积远超宋初的疆界范围，国家军事实力的悬殊，自然造就了开国之初士人整体气势和风貌的外放和内敛。士人精神面貌是否自信昂扬，是国家实力的自然体现。其二，唐初诗人多追求建立功业，而宋初诗人则更多地追求内在修为，人格完满。这一点已经获得了很多学者的认同："就士人的心理状态而言，这乃在于唐代士人多具有浪漫襟怀的诗人气质，宋代士人多具有自省内修的文人学者风度。"① 这就造成了唐代诗歌多为"风人之诗"②，而宋代诗歌则多为"文人之诗"③。其三，唐代诗人，尤其是盛唐诗人，是自发地以才情为诗，这是一个因感兴而起，由内而外的自然流畅的过程。并且，由于诗歌本体论中的抒情言志的要求，唐人在此路上以心胸的大开大合指点江山、抒扬性情，诗歌所言，几乎无所不包，臻于极致。所以后人才发出了"宋人生唐后，开辟真难为"④的感喟。而先秦时期老子的道家哲学就告诉我们，物极必反，任何事物发展到极致，一定会走向它的反面。而宋诗的理性，就是唐诗感性的反面。再有，宋初诗人一直试图在"学唐"中左冲右突，开辟出一条自己的新路，"学习"这件事本身就先是一个由外而内吸收的过程，吸收后经过转化，再次向外生发，自然不如才情的直接外泄显得流畅放旷。从这个角度而言，这是诗歌这种文体自身发展规律的必经阶段。

---

① 欧海龙：《灵魂的悸动与嬗变——从唐宋诗之别看宋初士人文化心态》，《中国文学研究》1999 年第 1 期，第 30 页。
② （宋）刘克庄：《后村先生大全集》卷一〇六，清道光张氏爱日精庐抄本。
③ （宋）刘克庄：《后村先生大全集》卷一〇六，清道光张氏爱日精庐抄本。
④ （清）蒋士铨：《忠雅堂集》卷一三，清嘉庆二十一年藏园刻本。

## 第二节　唐宋诗人心态：从感性飞扬
## 走向理性成熟

　　诗歌史也好，文学史也好，从来都不是简单地线性往前发展，而是像一条平静水流上的波浪一样，高潮与低谷震荡交替，循环前行。唐宋诗的转型，是诗歌史上由少年时期向中年时期的转变，从自由发挥到学习法度，从感性飞扬到理性成熟的一个过程。甚至，我们可以说，唐宋诗歌的转型，与唐宋不同的王朝气质和中古世纪的文化转型，也存在着同频共振的关系。

　　唐宋文化的转型，也同样经历了由外放到内敛的过程。历史学界关于这一点几乎已经达成了共识，然而他们更愿意把这一内转过程的节点，放置在北宋灭亡到南宋建立的过程中去展开论述。比如刘子健："一句话，北宋的特征是外向的，而南宋却在本质上趋向于内敛。……从 12 世纪起，中国文化在整体上转向了内向化。"① 因为这个时期是"新儒学"或者说是"道德保守主义者"的形成时期，历史研究者更主要的是从文化转型和政治制度、思想观念角度展开论述，"从某种意义上说，他们是双重的保守主义者：不仅在政治上保守，反对机构改革；而且在学术上也是保守的，把自己牢牢地禁锢在已有的思想框架之内，只是在前辈大师们划定的圈

---

① 〔美〕刘子健：《中国转向内在：两宋之际的文化转向》，赵冬梅译，江苏人民出版社，2012，第 10 页。

子里辛勤耕耘，从这个意义上说，他们已转向内在"①。历史学界自然有其独特的关注视角，这当然是合理的。

然而就诗歌这一文体而言，这种由外向内的探索，以及从量变到质变的累积和转化，要稍早于历史文化和观念道德上的变革。文学接受史向我们证明了，唐宋诗之间存在着巨大的差异，"唐型诗歌"和"宋型诗歌"的不同，在历代诗歌批评者那里得到了共识性的认同，且使"唐诗"与"宋诗"这一组概念超越了时代和朝代的限制，变成了一个形容诗歌感性和理性这两类极端化风格的形容词，而感性是外露的，理性是内敛的。唐宋朝代更迭的继替中，这种内外的转向在诗歌领域早已肇端。

在唐诗和宋诗，"唐型诗歌"和"宋型诗歌"的转变过程中，这一由外向内，从感性飞扬到理性成熟的转向，除了文化的转型，唐宋不同的朝代气质之外，到底与什么因素相关呢？或许我们可以从以下几个角度试析之。一是唐诗"四分法"对应的"四季属性"；二是唐诗在诗歌抒情言志"本体论"上超高的完成度；三是唐末作为唐代诗人心态由外向内收敛的最低处，唐末诗歌"向死而生"的创作中，蕴含着新生的力量，比如重视技巧和方法，作诗讲究法度，从时间和空间两方面心态向内收敛，等等，这些都启发了宋人以法度为诗，以议论为诗；四是前三者的结合，相互作用，造成物极必反，在某种程度上促进并"逼迫"宋初诗人在学习"唐诗"②的同时，反转唐人的作诗方向，由感性向理性转变

---

① 〔美〕刘子健：《中国转向内在：两宋之际的文化转向》，赵冬梅译，江苏人民出版社，2012，第69页。

② 这里偏指"晚唐体"，尤其是晚唐后半期的唐末诗歌，前已论析，此不赘述。

并试图突围，这对于当时的宋人来说，就是一种反向的"创新"。而宋诗，就是对唐诗"反向创新"的产物。

## 一 唐代诗歌的"四季属性"

初、盛、中、晚唐的四分法，在冥冥之中似乎就已经代表着唐诗的四季。甚至基于唐诗更偏向感性抒情的诗歌文体本位属性使然，相比于理性的思辨（这是对研究宋诗者的要求），研究唐诗者更重要的则是要有感性的体察。在春夏秋冬四季变化的直觉观感的启发下，吴经熊先生从中西方文学比较的视角出发，用英文写就《唐诗四季》(*The Four Seasons of T'ang Poetry*)，来描述唐诗的发展。这给了我们很大的启发。这种直观的感性描述式的研究或许更适合唐诗，而类似印象式的譬喻在中国古典文论批评史上也是常态，从《文心雕龙》到《沧浪诗话》，无不显示了这种方式更适合感性的文学，而同样，理性的思辨和法度的析解更加适合宋诗。当然，从整体而言，个别反例自然也是轻而易举，但这样的反驳毫无意义，因为整体印象和反例个案不是站在同一个逻辑层面上的论述视角。

那么，唐诗的"四季属性"应该是什么样子的呢？吴经熊在《唐诗四季》中给出了这样的描述：

> 春季是像在园厅内蓓蕾、开花的石竹；夏季是像在浓叶中出现的红玫瑰；秋季是像清洁无玷的荷花或孤居一处的紫罗兰；冬季是像不忘草，只有它的爱才能维持生命的暗灯。春季是看得见的；夏季能尝得到、摸得着；秋季可以听得出；但是冬季像有香气的荫地一样，只能

被嗅到。春季解放我们，夏季给我们灵感，秋季抚慰我们，但是冬季迷惑我们。倘若读者们肯原谅我用一个不甚体面的比喻的话，我说整个唐诗是一客丰富的西菜：春季是其中的汤和鱼，夏季是牛排或腹中塞满调味物的火鸡，秋季是冰淇淋和水果，冬季是最后的一小杯咖啡。春季或许是很开胃，夏季或许是很可口，秋季或许很能提神，但是谁能忘记那杯咖啡的美味？①

　　这一系列形象的譬喻，正是唐诗四季的精华和韵味所在，并不比严肃且客观的理性批评逊色多少。我们必须再次强调，唐诗是不适合完全的理性批评的。在吴经熊的笔下，从春天石竹花开，到夏日热烈的红玫瑰，再到秋季的孤荷或者紫罗兰，以及冬天的勿忘我，植物的变换是与四季交替最密切的，正如唐诗从春天的初唐四杰，走向盛唐浓烈耀眼的李白和杜甫，再到中唐的元、白、刘、柳，终于晚唐小李杜的幽艳晚香。四季给人的感官体验也是不同的，春天的百花给人以直观的视觉冲击；夏天的甜蜜果实冲击味蕾，让人觉得可口美味；秋天的虫鸣风声使听觉敏锐；冬天寒冷的触觉让人瑟缩而贪恋温暖。初唐的春天里，诗歌从两晋南朝的绮丽繁缛中解放了，变得轻盈而灵动；夏天到来，李、杜、王、孟带来了喷薄的灵感源泉；经历了秋霜的肃杀（安史之乱），中唐元、白、刘、柳以务实刚毅的才思和担当抚慰创伤；晚唐李商隐捧出了一个绚丽迷离的五彩梦境迷惑我们。他还认为如果把唐诗比喻成是一道西菜的话，冬季一定是唐末了，唐末

---

① 吴经熊：《唐诗四季》，徐诚斌译，外语教学与研究出版社，2023，第 269～271 页。

的这一杯"咖啡"的譬喻简直妙绝，咖啡初尝，味道一定是苦的，正如唐末诗人人生和心灵的苦楚，但这苦的后味却是回甘的，是前三季结出的果，也预告着宋诗发生之前的一丝甘甜。

当吴经熊写到晚唐和唐末，致力于中西比较的他，想要分别寻求中国诗歌和西方诗歌的四季代表，他说："艾略特我并不认为是冬季诗人，不过他描摹冬季精神极为中肯：宇宙的落局我不知道，唐诗的落局却是'一个啜泣，没有响声'。一个啜泣，这样的一个啜泣！唐末的诗十分酷似一个患着结核症的绝世美女，虽在相当距离之外你可以私密地爱慕她，但和她发生恋爱是有关性命的。可是，有时候我们为了她的风韵媚态而颠倒，觉得生死是无足轻重的事。"① 这是多么美妙且吸引人的对唐末诗歌的描述啊！唐末的诗歌是啜泣的，是孱弱的，是攸关性命的，可是她的美丽和媚态又有着致命的吸引力，使人为之神魂颠倒。

初、盛、中、晚"四唐说"，本身就可以一一对应春、夏、秋、冬四季变换，这首先是唐史不同发展阶段的性质使然。"四时说"对应"四唐说"，其内在的逻辑是事物从生到死的一个圆满的循环，如同生命的少年、青年、中年和老年，我们把这种概念同质性的对应关系，叫作"异质同构"。"这些名诗的作者固然是这些诗人，但这些诗人的作者却是上苍……唐朝的诗就是一个有机体，这有机体不会永远幼稚，必定会慢慢地长大成年。"② 大唐王朝的命运和唐代诗歌的发展，就像一个活的有机体，注定要经历从生到死的整个过程。

---

① 吴经熊：《唐诗四季》，徐诚斌译，外语教学与研究出版社，2023，第 19 页。
② 吴经熊：《唐诗四季》，徐诚斌译，外语教学与研究出版社，2023，第 95 页。

而唐宋诗的不同，表象上是风格的差异，内里却是内外两种不同的人的气质秉性造就的。这个转变的关键其实就是诗人心态和气质由外向内的收敛。唐诗飞扬感性，宋诗成熟理性。以至于后来甚至超越了朝代，以唐型诗歌和宋型诗歌称之。

这种对唐诗四季的感受，和唐宋诗歌气质具有内外之别的感性的认知，是共识性的。"唐代文化是如此之丰富。仅就诗歌而言，终唐一世，创造力从未衰歇，现存多达15000首唐诗可以反映出风格的演化。从最早7世纪的质朴而充满活力的乐观主义精神过渡到成熟的夏秋之际——即8世纪和9世纪早期以伟大诗人李白、杜甫、白居易为代表的唐诗，进而到晚唐以杜牧和李商隐为代表的肃杀、凝重和注重情绪宣泄的风格。"①唐诗的四季属性，恰与唐史的四季变化之感同频共振。

## 二 唐诗抒情的"高完成度"

唐诗"四分法"对应的季节感是如此明显，而唐诗在诗体本位抒情言志上的"完成度"之高，直接给到宋人以无边的创新压力和焦虑，王安石发出了"世间好语言，已被老杜道尽"②的沉叹，后人更是扩大范围，说"世间好语已被唐人道尽"，恨不得早生百年。鲁迅先生在1934年给杨霁云的一封信中也认为"一切好诗，到唐已被做完"。③

---

① 〔英〕迈克尔·苏立文：《中国艺术史》，徐坚译，上海人民出版社，2014，第145页。现在存唐诗数量实际有近5万首。

② （宋）胡仔纂集，廖德明校点《苕溪渔隐丛话》前集卷第十四，人民文学出版社，1962，第90页。

③ 鲁迅著，陈漱渝、王锡荣、肖振鸣编《书信全编》中卷，广东人民出版社，2019，第493页。

从传统诗体本位"抒情言志"的角度而言，不管是浪漫，还是写实，唐诗都达到了巅峰。我们先不说李白用豪放飘逸的诗歌把自己夸耀成了人间的"谪仙"，杜诗风格的多样性，性格和心胸的仁民爱物，也足以滋养后世历代诗人。杜甫以后的唐人，从杜诗中汲取不同题材类型诗歌的养分，稍稍发扬，便已成可以开宗立派的大家。除了天上的"诗仙"李白和人间的"诗圣"杜甫，还有"诗杰"王勃、"诗豪"刘禹锡、"诗狂"贺知章，以及"诗佛"王维、"诗魔"白居易、"诗鬼"李贺，"诗囚"孟郊，"诗奴"贾岛……甚至在幽微隐秘的心灵最深处，都有李商隐"坐镇"。唐朝俨然是一个最完美的诗歌的国度，天上人间，鬼界佛国，琳琅满目，蔚为大观。

唐诗的"完成度"是如此之高，继替它的下一个时代的文学代表宋词亦是如此。王国维在《宋元戏曲史·序》中说"一代有一代之文学"。明代"前七子"的领军人物何景明也曾说过："经亡而骚作，骚亡而赋作，赋亡而诗作。"[1] 由此推断出"秦无经，汉无骚，唐无赋，宋无诗。"[2] 就好像不同的文体也是有生命周期的，在某个朝代处于顶峰，完成了它的使命之后，就要谢幕了。一个时代的顶峰文学的完成度过高，必然造成后继者难为的焦虑，也正是因此，新生文体才会前赴后继，革故鼎新。

从这个角度而言，宋词接替了唐诗，似乎已经完成了朝代和文体的继替。宋诗的消亡几乎是可预料的必然。然而宋人却"成功"了。他们是怎么完成了"宋诗的突围"的呢？他们从

---

[1]　（明）何景明：《大复集》卷三八，明万历五年陈堂胡秉性刻本。
[2]　（明）何景明：《大复集》卷三八，明万历五年陈堂胡秉性刻本。

心性到法度，从文体本位到思维方式，完全翻转了唐诗的方向，把诗歌从抒情向思理的方向推动，并一路掘进。事物的一体两面性，在唐诗和宋诗的不同上，体现得淋漓尽致。

宋诗是唐诗的"翻转"和"镜像"。唐诗向外抒情，宋诗向内思辨。"唐诗主情"而"宋诗主理"的说法普遍流传，不论是钱锺书《谈艺录》中说"唐诗多以丰神情韵擅长，宋诗多以筋骨思理见胜"[①]，还是缪钺《论宋诗》云："唐诗以韵胜，故浑雅，而贵酝藉空灵；宋诗以意胜，故精能，而贵深折透辟。唐诗之美在情辞，故丰腴；宋诗之美在气骨，故瘦劲。"[②] 这些其实都是一体两面之论。

我们甚至可以认为，唐诗在抒情上的"高完成度"，甚至给了宋人以创新的灵感：用性情可以写诗，为何理趣就不可以呢？思想的锋芒和机趣，也同样吸引人。他们甚至想在这样一条创新的路上，把宋人创造的新的诗歌"说理诗"拉高到和唐诗同样的高度，因此才出现了黄庭坚为主脑的"江西诗派"，专力教人如何用才学、用议论、用思理写诗，才有了像苏轼《题西林壁》这样的代表作品。然而，与此相伴随，这样作诗的弊端是，成为后世人抨击宋诗不像诗歌的把柄。

## 三 唐末"向死而生"的力量

唐诗走到唐末，不管是从它的"四季属性"，还是抒情上的超高"完成度"来说，似乎都已臻于完美，同时，伴随着大唐王朝的覆灭，也无可挽回地走向了"死地"，再无可开挖

---

① 钱锺书：《谈艺录》，生活·读书·新知三联书店，2001，第3页。
② 缪钺：《论宋诗》，见《诗词散论》，开明书店，1948，第17页。

掘进的空间。那么，唐末的诗人和诗歌存在的价值在哪里呢？其中又蕴含着怎样的新生力量，启迪着宋诗的发生？

一是直面"衰亡"的勇气。徐公持《衰世文学未必衰——以魏晋南北朝文学为中心》① 以魏晋南北朝为核心，论述了"衰世文学未必衰"这一命题。从这个角度说，我们应该重估衰世文学的价值。唐末至宋初的世道衰乱，虽然历时没有魏晋时期长久，但同样作为"衰世文学"的时代定位，它真实地反映了人们面对衰亡乱世，对个体生命的欲望、价值和生存的追求和困境。叔本华在《作为意欲和表象的世界》中提出了"情绪的钟摆理论"，认为人们对欲望、价值和生存这三者的追求，支配着他们的人生在痛苦和无聊中左右摇摆。人生就是在痛苦和无聊这二者之间像钟摆一样摆来摆去：当你需要为生存而劳作时，你是痛苦的；当你的基本需求满足之后，你会感到无聊。只有通过思考和内省，我们才能真正理解自己的欲望和追求，找到一条通往内心平静的道路。

毫无疑问，当个人价值无法实现，社会价值亦无法实现之时，唐末诗人的内心是痛苦的，而生活则是无聊的，留给他们的只剩下了生命最初的欲望，即活着的欲望，为了生存而不得不疲于奔命，活着，直面死亡地活着，成了他们苦难人生中积聚起来的最大的勇气。

二是蕴含"新生"的力量。吴经熊在《唐诗四季》中

---

① 徐公持在《衰世文学未必衰——以魏晋南北朝文学为中心》中，从三个角度论述了衰世文学未必衰这一命题，分别是：衰世中政治权力往往分散化、弱势化，无力或者无暇干预思想文化，文学创作自由度遂得以增加；衰世中思想文化呈现多元化、异端化取向，士风也有乖戾化趋势，这直接通向文学的个性化发展方向，有利于作家充分展示其才华和个性；"衰世"能够给作家提供一种"盛世"所无法提供的特别的条件，即以人类苦难为主的大量生活体验和写作题材，利于产生优秀的甚至伟大的悲剧作品。（《文学遗产》2013 年第 1 期）

说："冬季的内心是充满了惨痛，但是它的外貌却美得迷人。"① 的确，唐末五代诗人的人生和内心均是极度痛苦的，但他们呕心为诗，其诗歌又写得如此美丽。他们苦心作诗，对诗歌技艺和方法精益求精的态度，给了宋人作诗追求法度的启发。他们对个人社会价值和人生价值的思考，以及生活日常中对时间和空间双重边界的整体感知，启迪了宋人对自身内在心灵秩序的探索和深省，以及对个人生活审美艺术空间的营造和维系。宋人没有生存的危机，但他们要学会怎样面对生世的无聊和痛苦。

三是小词作为新生文体，充满了向上的生命力。在这方面，科场困顿的温庭筠成就了"花间派鼻祖"的传奇，黄昇在《花庵词选》中评价道："词极流丽，宜为花间集之冠。"②而国破家亡的李煜，后半生可以说是在用血泪写词，亦堪称典型。新生文体自然是充满了活力的，然而更重要的是，当唐诗走完了属于它的"四季"，在抒情性上获得了超高的完成度之后，这种柔性的抒情被转移到了新生的词体中，改头换面，以另外一种面目焕发新的生机和活力。而宋诗呢，面对唐诗这样一座似乎无可逾越的高峰，宋人为了突破，为了创新，以逆向思维的方式，把诗歌的抒情翻转成为思想的机锋和理趣。

## 四　宋诗的反思、内省和转向

在谈论到唐代和宋代在艺术史上的差异时，迈克尔·苏

---

① 吴经熊：《唐诗四季》，徐诚斌译，外语教学与研究出版社，2023，第247页。
② （宋）黄昇：《唐宋诸贤绝妙词选》卷一，民国八年上海商务印书馆《四部丛刊》景明翻宋刻本。

立文（Michael Sullivan）认为："唐之于六朝就如汉之于战国，甚至堪比罗马之于古希腊：这是一个统一的时代，一个取得重大成就的时代，一个充满自信的时代。在唐代艺术中，我们再也找不到 5 世纪流行的那种在山峰之中出现各种神异人物的幻想和曼妙的趣味。同时，唐代艺术也不像宋代艺术那样展现出天人合一的静寂场景。"① 唐代的辉煌自然毋庸置疑，那种国力的强盛给士人带来的由内而外的自信，让他们充满了天真浪漫的情怀，尤其反映在初盛唐诗人诗歌中的想象和夸张，是天上人间、大漠边疆任我遨游的自由驰骋，他们是属于青年的，是同时歌颂着太阳的热烈和月亮的皎洁的，江南的烟雨和歌女是柔情和绮丽的，大漠的风沙和白雪也能幻化成落梅和梨花。他们热爱自然万物，他们不要安静的拘守，他们的生命状态和心灵活动始终是流动的。"就整体而言，唐代艺术充满了无与伦比的活力、自然主义和尊严，这是一种生活在他们确切知晓的世界中的人们的艺术。对于所有唐代艺术而言，我们都可以体察到一种乐观主义、一种活力和坦然接受不可捉摸的现实的态度。"② 这种乐观、活力和坦然对待人生的态度，是大唐的"盛世属性"带来的光辉和荣耀。

宋代则全然不同。由唐入宋的"五代十国"乱世，虽然只有五十多年，相比于魏晋南北朝动乱的三四百年而言，无疑是"短暂"的。然而，历史的吊诡在于，无论是多么

① 〔英〕迈克尔·苏立文：《中国艺术史》，徐坚译，上海人民出版社，2014，第142 页。

② 〔英〕迈克尔·苏立文：《中国艺术史》，徐坚译，上海人民出版社，2014，第142 页。

崇高的荣耀，抑或多么深重的苦难，总是那么的似曾相识。这半个世纪的时间，就像一盆冷水或者一块坚冰，直压下来，熄灭了唐代的热情和火焰，让宋人从大唐亡国的教训中变得冷静，从外求转向内省，从青春走向成熟。宋人是属于中年的，他们不再热烈，而是变得沉静。他们不再向往户外的世界，而是坐进了书房。他们不喜欢舞刀弄枪，而是更喜欢读书下棋。他们无时无刻不在思考，在反省，反思国运和士人的情操，甚至是社会道德。我们甚至可以说，"唐宋变革论"的根底，就是唐人和宋人心态由外向内的转变。①

国家的实力和疆域的变化是最直观的，宋太祖建国时埋下的隐患，自始至终，都像一团阴云萦绕在大宋士人的心头，始终不曾散去，由于向外受到敌对势力的钳制，宋只能寻求内向发展。汉朝的疆域无比广阔，抵达传说中远在天边的昆仑和蓬莱。唐朝拥有中亚，欢迎所有西域来客前往朝贡。而到了宋代，"在内安宁，而在外则需通过岁贡的形式买来和平。因此他们对世界具有一种全新的好奇感和更深邃的思索。六朝时期曾经出现的感性和想象的空间在唐代乐观主义的主导情绪下曾经一度丧失，到宋代时重新得到

---

① 1910 年，日本著名汉学学者内藤湖南先生，在日本《历史与地理》（1992 年第 9 卷第 5 号）杂志上发表的一篇论文《概括的唐宋时代观》里提出，唐代和宋代在文化性质上有着显著差异："唐代是中世纪的结束，而宋代则是近世的开始。"（〔日〕内藤湖南：《概括的唐宋时代观》，刘俊文译，《日本学者研究中国史论著选译》，中华书局，1993。）这样一个观点提出之后，立即在国际汉学界产生强烈反响。学界后来把这种观点称之为"唐宋变革论"。海外汉学界后来涌现出的一系列优秀论著，诸如刘子健的《中国转向内在：两宋之际的文化转向》、柏文莉的《权力关系》等，都是以"唐宋变革论"作为立论基础的。

发现。宋代哲学洞见的深度与创造能力及技术改进之间完美的平衡相结合，将 10 世纪和 11 世纪造就成中国艺术史上最伟大的时代"①。对哲学的洞见，对技艺的精进，对创造力的追求，这些都是属于安静者的，内敛的人更善于做这样的事。

从诗歌发展史上看，唐末的内敛是一种触底。大唐盛世王朝曾经的辉煌灿烂，给宋人带来的是难以置信的幻灭感和深刻的警醒。他们不得不向内转，不得不去深刻思考反省。

那么，宋人从这种心态的内转中得到了什么呢？美国积极心理学家米哈里·契克森米哈赖（Mihaly Csikszentmihalyi）找到了叔本华"钟摆理论"的缺陷，他在代表作《心流》和《发现心流》里是这样解释的：我们做一件事，假如挑战的难度过高而能力不足，就会令人感到痛苦；如果挑战太低而能力绰绰有余，就会感到无聊……如果高难度挑战与卓越的能力相匹配，全心投入其中就可以触发心流，塑造异于平常的体验与感受。"我们对自己的观感、从生活中得到的快乐，归根结底直接取决于心灵如何过滤与阐释日常体验。我们快乐与否，端视内心是否和谐，而与我们控制宇宙的能力毫无关系。"② 因此，宋人在诗歌中致力于驯服生世的孤独、扭转人生的悲剧、纾解自我的压力。

---

① 〔英〕迈克尔·苏立文：《中国艺术史》，徐坚译，上海人民出版社，2014，第 176 页。

② 〔美〕米哈里·契克森米哈赖：《心流：最优体验心理学》，张定绮译，中信出版集团，2017，第 61 页。

## 第三节　宋代婉约词：内敛化"柔"的
## 新面目

这种内敛的心态，如果说在宋诗中表现为士人的韧性的话，在宋词中就完全展现了其柔情的一面。

词体萌生之初所特有的娇柔妩媚的特点，不为传统诗教所束缚的自由，以及字数的灵活，音韵格律的多变，摹写生活中绮丽情思的便宜，使这种有着蓬勃的新生机的文学样式在有宋一代大放异彩。似乎，接续着唐诗的四季，另一个词学四季的"春天"开始了。而唐末诗人的内敛心态中偏"柔"的一面，在宋代的婉约词中，更是获得了新的朝气蓬勃的生命活力。

我们试对比以下唐、宋两首作品：

秋千打困解罗裙，指点醍醐索一尊。见客入来和笑走，手搓梅子映中门。（唐·韩偓《偶见》）

蹴罢秋千，起来慵整纤纤手。露浓花瘦，薄汗轻衣透。　　见有人来，袜刬金钗溜。和羞走，倚门回首，却把青梅嗅。（宋·李清照《点绛唇》）

韩偓的是一首七言绝句，而李清照的则是一首典型的婉约词。从遣词用句，故事结构，到神态动作的描摹和图绘，甚至是艺术手法的运用，均可以看出，后者对前者的借鉴是如此清晰而明显，然这两首作品在知名度上却差之天壤。那么，原因在哪里呢？内敛化而为"柔"，或许可以给我们打开一个理解视角：在韩偓的作品中，"指点醍醐索一尊"句表明，少女在秋千架下玩耍困倦后，很自然地想索要一樽美酒解乏，这一连串的动作如此自然，可见是熟惯的，正在此时，却闻客人来访，被撞破后的尴尬，解释了少女为何会"和笑走"，似乎从前后逻辑上讲，情节更加自然流畅。然而，李清照的小词，却删去了"索酒"这一情节，而强化了在秋千架上恣意玩耍后，少女的汗湿衣襟，仪态不整，此时"见客人来"，似乎只是因为担心美貌的形象受损，才要"和羞走"，所谓"女为悦己者容"，对于情窦初开的少女来说，在心仪的男子面前，最在意的莫过于自己的容貌，然而"倚门回首"的动作，却又暴露了来人当是少女心上人的小心思。两相对比，李清照以女性词人的视角，对女性心理的描摹可谓更加贴合情境。少女心思的内秀含蓄，温婉柔和得到了极致的体现。

另如李清照的著名小词《如梦令》（昨夜雨疏风骤），亦源自韩偓的五绝《懒起》："百舌唤朝眠，春心动几般。枕痕霞黯澹，泪粉玉阑珊。笼绣香烟歇，屏山烛焰残。暖嫌罗袜窄，瘦觉锦衣宽。昨夜三更雨，今朝一阵寒。海棠花在否，侧卧卷帘看。"但是，李清照的名篇所呈现的艺术魅力却远远大于韩诗，韩偓诗歌所获得的评论多是对艳情诗的不屑，而李清照的小令则成为婉约词的闪光点，这样的不同是很有趣的，到底是诗词文体属性的差异造成的，还是基于诗人（韩偓）和词人（李清照）的个体绝妙艺术体验和熔裁能力的差异?① 这是很值得我们进一步思考的。

这种柔性的表达似乎更适宜于词,而"诗庄词媚"的区隔和樊篱,影响到了艺术价值高下的评判。自《诗经》始,人们已经形成了既定的诗教观念,诗歌不仅仅是用来自我娱乐,自我陶冶的,它需要承载一定的社会讽喻教化作用,因而就显示出"诗庄词媚"的特性,但是词由教坊歌姬流行,由市井民风而起,其产生之初,似乎就是为诗歌无法或者不便触及的领域特设的,更加适合于表现那些流连光景、浅吟低唱的缠绵情思,与"内敛婉约"的心态特征不谋而合。可以说,唐末诗歌中那些表现细微幽约审美趣味的内敛性的"词化"诗歌作品,到了宋代,被成功地转移到了"婉约词"这一新的文学体式上来。

诗歌与词的这种承载教化功能的发展演变恰好是相反的,诗歌自始至终都与讽喻教化有着千丝万缕的联系,到了唐末才出现了"词化"的倾向,而词自一开始就是作为小调,作为娱乐性情的工具而产生,它身上卸去了诗歌沉重的"社会功用""讽喻教化"等功能后,变得轻灵而富有情韵,更适合感情细腻丰富的文人对轻愁闷思的细腻刻画,直到苏轼提倡"以诗为词",辛弃疾践行"以文为词"之后,为抬高词体地位,向诗歌学习,词才慢慢地被赋予了社会教化的功用,用来写豪情,抒壮志。这样截然相反的不同道路,直接昭示了诗人诗歌创作心态由外而内,以及词人心态由内而外的过程。

---

① 这方面的研究成果,可参看李定广《论北宋词与晚唐诗的近亲关系——兼论正确解读宋诗化用唐诗现象的文化涵义》(《求索》2006 年第 11 期),以及徐建芳《韩偓艳情诗与晚唐词化现象》(东北师范大学硕士学位论文,2008)。

　　正如唐末诗人郑谷的诗句说："夕阳秋更好，敛敛蕙兰中。"（《夕阳》）对诗歌这一在我国唐代文学史上璀璨夺目数千年的文学样式来说，终唐一朝，至其末年已经显示出了"唐诗"作为一种独有的文学风格在经历了极致的灿烂耀目之后，逐渐走向日薄西山的境地，唐末诗歌的艺术魅力在很大程度上源于诗人内敛的创作心态，这种内敛的创作心态不仅带来了艺术上"夕阳无限好"的永恒魅力，同时不可避免地伴随了"只是近黄昏"的无限哀伤。人们之所以沉醉于夕阳的无限美好，是因为它收敛了所有耀眼的光芒，对所走过的光辉历程做了一个完美的收束总结，但总结就意味着衰歇，而"内敛"的创作心态使唐末诗歌在衰歇中又积蓄了新的萌发的力量，不仅在五代诗坛、宋初诗坛和宋代婉约词中获得了新的生命延续，更以光耀千古的气势，成为后世不可逾越的高峰和永恒的精神财富。

附录

关于晚唐、唐末诗风内敛的
评价辑要

## 一 古人评价辑要

1. 牧之鄠杜遗风，名家远绍。其诗含思悲凄，流情感慨，下语精切，含声圆整，而抑扬顿挫之节尤其所长。然以时风委靡，独持拗峭，虽云矫其流弊，而持情亦巧。（徐献忠《唐诗品》）

2. 七言律诗极不易，唐人以诗名家者，集中十仅一二，且未见其可传。盖语长气短者易流于卑，而事实意虚者又几乎塞，用物而不为物所赘，写情而不为情所牵，李、杜之后，当学者许浑而已。（范晞文《对床夜语》）

3. 诗出于元、白之后，体格太卑，对偶太切。（方回《瀛奎律髓》）

4. 晚唐诸子体格虽卑，然亦是一种精神所注。浑五七言律工巧衬贴，便是其精神所注也。（许学夷《诗源辩体》）

5. 许丁卯思正气清，诗中君子，但苦声调低哑有之，在当时韦端己。杜牧之皆有诗推许可证。（薛雪《一瓢诗话》）

6. 丁卯诗格律匀称，工夫极细，而天分稍庸，较之玉溪、牧之，仙凡判矣。（周咏棠《唐贤小三昧集续集》）

7. 义山诗合处信有过人，若其用事深僻，语工而意不及，自是其短。（蔡居厚《蔡宽夫诗话》）

8. 公（按指杨亿）尝论义山诗，以谓包蕴密致，演绎平畅，味无穷而炙愈出，镇弥坚而酌不竭，使学者少窥其一斑，若涤肠而洗骨。（葛立方《韵语阳秋》）

9. 义山诗感事托讽，运意深曲，佳处往往逼杜，非飞卿所可比肩。（方回《瀛奎律髓》）

10. 李商隐家数微密闲艳，学者不察，失于细碎。（范梈

《木天禁语》）

11. 义山造意幽邃，感人尤深，学者皆宜寻味。（宋荦《漫堂说诗》）

12. 义山始虽取法少陵，而晚能规模屈、宋，优柔敦厚，为此道瑶草琪花。凡诸篇什，莫不深远幽折，不易浅窥。（吴乔《西昆发微序》）

13. 李商隐七绝，寄托深而措辞婉，实可空百代无其匹也。（叶燮《原诗》）

14. 李商隐诗，明暗参半。然欲取一人备晚唐之数，定在此君。（牟愿相《小澥草堂杂论诗》）

15. 微婉顿挫，使人荡气回肠者，李义山也。（翁方纲《石洲诗话》）

16. 余极喜义山诗，非爱其用事繁缛，盖其诗外有诗，寓意深而托兴远，其隐奥幽艳，于诗家别开一洞天，非时贤所能摸索也。（林昌彝《射鹰楼诗话》）

17. 其源导漾吴、何，讨澜徐、庾，炼藻温腴，寄情婉约，拾其香草，仍有内心。（宋育仁《三唐诗品》）

18. 岛之诗，约而覃，明而深，杰健而闲易，故为不可多得。（吕居仁《书长江集后》）

19. 盛唐律诗体浑大，格高语壮；晚唐下细工夫，作小结裹，所以异也。（方回《瀛奎律髓》）

20. 唐之晚年，诗人无复李、杜豪放之格，然亦务以精意相高。（欧阳修《六一诗话》）

21. 晚唐诗句尚切对，然气韵甚卑。（蔡居厚《诗史》）

22. 晚唐人诗多小巧，无风骚气味。（同上）

23. 晚唐诗失之太巧，只务外华，而气弱格卑，流为词体

耳。（吴可《藏海诗话》）

24. 近世诗人好为晚唐体，不知唐祚至此，气脉浸微，士生斯时，无他事业，精神技俩，悉见于诗。局促于一题，拘孪于律切，风容色泽，轻浅纤微，无复浑涵气象，求如中叶之全盛，李、杜、元、白之瑰奇，长章大篇之雄伟，或歌或行之豪放，则无此力量矣。故体成而唐祚亦尽，盖文章之正气竭矣。今不为中唐全盛之体，而为晚唐哀思之音，岂习矣而不察耶？（俞文豹《吹剑录》）

## 二 今人评价辑要

1. 与伤悼及反思特征相适应，晚唐咏史诗多呈现出低回哀婉、深幽朦胧的美感。（任海天《伤悼与反思：晚唐咏史诗的焦点指向》）

2. 人的心理思维形式大体可分为内敛与外张两种类型。前者是喜于深微澄净，以宁静浑伦的心灵空间去观照生命、人生，多有深沉凝重之感；后者则喜于广阔飞扬，冲绝了理性的制约，任凭感情的奔涌激荡，多有张扬飞动之态。就唐、宋诗而言，唐诗多为外张之势，宋诗则多呈内敛之势，这一直是唐、宋诗之争的症结所在。（欧海龙《灵魂的悸动与嬗变——从唐宋诗之别看宋初士人文化心态》）

3. 晚唐五代文人的内倾心态对诗词创作的影响主要表现在以下两个方面：创作题材、审美情趣。在创作题材方面，绮艳诗与花间词共同呈现出对享乐生活和感官刺激的追求。在审美情趣方面，绮艳诗与花间词共同体现出绮怨之美。（沈邦兵《论晚唐五代文人内倾心态对诗词创作的影响》）

4. 时代之暮使诗人的心灵忧郁悲怆，时代之暮使诗人的

心态趋于弱质内敛，时代之暮使诗人的审美追求发生了变化。（贺利《晚唐诗人的心灵感悟及审美特征探究》）

5. 探讨晚唐诗人内向幽微心理产生的原因，并进而分析内向心理带来的诗歌特色：冲淡玄远和含蓄委曲。（袁文丽《晚唐诗人内向心理探因》）

6. 这正是唐王朝政治危机日益加重，文人生活圈子趋于收缩，社会文化心态转向内省的表现。（陈伯海《唐诗学引论》）

7. 作为一种趋向，中晚唐士人内敛的心态，重官能感受而导致的绮艳诗风真正构筑起了诗词互通的平台。（关龙艳《晚唐诗歌艺术识要》）

8. 社会现实的衰败局面给晚唐诗坛笼罩了浓重的悲剧色彩与感伤氛围，在现实的压抑下，诗人对于现实社会绝望之后，转为内向，沉入内心世界的自我品味与心灵开拓、自怨自艾、自恋自怜、缠绵宕往，企图自我解脱又无法解脱，于是便铸就了一种哀世的感伤心理。（刘怀荣《梦逝难寻：唐代文人心态史》）

9. 晚唐诗人大体可划为两个大的诗人群体：一是继承贾岛、姚合、张籍、孟郊的穷士诗人群，工于穷苦之言，诗歌风貌的特征是收敛、淡冷着意……（余恕诚《晚唐两大诗人群落及其风貌特征》）

10. 他们在理想破灭、壮志消沉后，更多关注个人的生存状态，力图消解心中的苦闷与绝望，这样一来，就出现了心态内倾内敛的趋向，这正是处于末世的心理软弱的士人的表现。（李红霞《唐代士人的社会心态与隐逸的嬗变》）

# 参考文献

## 一　古籍整理

[1]《十三经注疏》，中华书局，1980。

[2]《旧唐书》，中华书局，2002。

[3]《新唐书》，中华书局，2002。

[4]《资治通鉴》，中华书局，1956。

[5]《唐国史补》，上海古籍出版社，1979。

[6]《唐鉴》，三秦出版社，2003。

[7]《唐方镇年表》，中华书局，1980。

[8]《唐大诏令集》，中华书局，2008。

[9]《全唐诗》，中华书局，1960。

[10]《全唐文》，中华书局，1983。

[11] 何文焕辑《历代诗话》，中华书局，1981。

[12] 丁福保辑《历代诗话续编》，中华书局，1983。

[13] 王夫之等撰，丁福保辑《清诗话》（上下），上海古籍出版社，1978。

[14] 郭绍虞选编，富寿苏点校《清诗话续编》（全四册），

上海古籍出版社，1983。

［15］徐松：《登科记考》，中华书局，1984。

［16］王定保著，陶绍清校证《唐摭言校证》，中华书局，2021。

［17］王谠著，周勋初校证《唐语林校证》，中华书局，1987。

［18］高彦休：《唐阙史》，商务印书馆，1949。

［19］计有功：《唐诗纪事》，上海古籍出版社，1987。

［20］高棅：《唐诗品汇》，上海古籍出版社，1982。

［21］胡震亨：《唐音癸签》，古典文学出版社，1957。

［22］孙光宪：《北梦琐言》，中华书局，2002年。

［23］范摅：《云溪友议》，古典文学出版社，1957。

［24］段成式：《酉阳杂俎》，中华书局，1985。

［25］詹锳主编《李白全集校注汇释集评》（全八册），百花文艺出版社，1996。

［26］仇兆鳌注《杜诗详注》（全四册），（台北）里仁书局，1980。

［27］赵殿成笺注《王右丞集笺注》，中华书局，1961。

［28］徐鹏校注《孟浩然集校注》，人民文学出版社，1989。

［29］屈守元、常思春校注《韩愈全集校注》（全五册），四川大学出版社，1996。

［30］王国安笺释《柳宗元诗笺释》，上海古籍出版社，1993。

［31］冯浩笺注《玉谿生诗集笺注》，中华书局上海编译所，1962。

［32］王国良校注《温庭筠诗集笺注》，（台北）黎明文化公司，1999。

［33］潘慧惠校注《罗隐集校注》，浙江古籍出版社，2011。

［34］陈继龙注《韩偓诗注》，学林出版社，2001。

［35］严寿澂等笺注《郑谷诗笺注》，上海古籍出版社，1991。

［36］任三杰析注《聂夷中诗析注》，山西人民出版社，1987。

［37］向迪琮校订《韦庄集》，人民文学出版社，1958。

## 二　近今人著作

［1］〔日〕吉川幸次郎：《中国文学史》，徐少舟译，四川人民出版社，1987。

［2］钱基博：《中国文学史》，中华书局，1993。

［3］乔象钟、陈铁民：《唐代文学史》（上下），人民文学出版社，1995。

［4］孙望、常国武：《宋代文学史》（上下），人民文学出版社，1996。

［5］章培恒、骆玉明：《中国文学史》（上中下），复旦大学出版社，1996。

［6］吴文治：《中国文学史大事年表》（上中下），黄山书社，1993。

［7］傅璇琮、吴在庆：《新编唐五代文学编年史·晚唐卷》，辽海出版社，2012。

［8］游国恩主编《中国文学史》（修订本），人民文学出版社，2002。

［9］袁行霈主编《中国文学史》（全四册），高等教育出版社，2003。

［10］罗宗强、陈洪主编《中国古代文学发展史》，南开大学出版社，2003。

［11］罗宗强：《唐诗小史》，百花文艺出版社，2008。

［12］傅璇琮主编《唐才子传校笺》，中华书局，1987。

［13］傅璇琮：《唐代诗人丛考》，中华书局，1980。

［14］谭优学：《唐诗人行年考》，四川人民出版社，1981。

［15］周祖譔主编《中国文学家大辞典·唐五代卷》，中华书局，1992。

［16］傅璇琮、张枕石、许逸民编《唐五代人物传记资料综合索引》，中华书局，1982。

［17］岑仲勉：《唐人行第录》，上海古籍出版社，1978。

［18］陈伯海主编《唐诗汇评》（上中下），浙江教育出版社，1995。

［19］陶敏：《全唐诗人名汇考》，辽海出版社，2006。

［20］刘开扬：《唐诗通论》，四川人民出版社，1981。

［21］陈望衡：《中国古典美学史》，湖南教育出版社，1998。

［22］曹中孚：《晚唐诗人杜牧》，陕西人民出版社，1985。

［23］林庚：《唐诗综论》，人民文学出版社，1987。

［24］袁行霈：《中国诗歌艺术研究》，北京大学出版社，1987。

［25］施蛰存：《唐诗百话》，上海古籍出版社，1987。

［26］袁行霈：《中国文学概论》，高等教育出版社，1990。

［27］戴伟华：《唐代幕府与文学》，现代出版社，1990。

［28］黄世中：《古代诗人情感心态研究》，浙江大学出版社，1990。

［29］袁行霈、孟二冬、丁放：《中国诗学通论》，安徽教育出版社，1994。

［30］傅道彬：《晚唐钟声：中国文化的精神原型》，东方出版社，1996。

［31］周裕锴：《宋代诗学通论》，巴蜀书社，1997。

［32］ 闻一多：《唐诗杂论》，上海古籍出版社，1998。

［33］ 霍松林：《唐音阁论文集》，河北教育出版社，2000。

［34］ 任海天：《晚唐诗风》，黑龙江教育出版社，1998。

［35］ 罗时进：《晚唐诗歌格局中的许浑创作论》，太白文艺
出版社，1998。

［36］ 傅璇琮：《唐诗论学丛稿》，黑龙江人民出版社，1992。

［37］ 李浩：《唐诗的美学阐释》，安徽大学出版社，2000。

［38］ 查屏球：《唐学与唐诗——中晚唐诗风的一种文化考
察》，商务印书馆，2000。

［39］ 叶嘉莹：《唐宋词十七讲》，河北教育出版社，1997。

［40］ 莫砺锋：《唐宋诗论稿》，辽海出版社，2001。

［41］ 胡晓明：《中国诗学之精神》第 2 版，江西人民出版
社，2001。

［42］ 田耕宇：《唐音余韵：晚唐诗研究》，巴蜀书社，2001。

［43］ 张杰：《心灵之约——中国传统诗学的文化心理阐释》，
武汉大学出版社，2001。

［44］ 吴建民：《中国古代诗学原理》，人民文学出版社，2001。

［45］ 俞陛云：《诗境浅说》，北京出版社，2003。

［46］ 葛兆光、戴燕：《晚唐风韵》，中华书局，2004。

［47］ 赵荣蔚：《晚唐士风与诗风》，上海古籍出版社，2004。

［48］ 尚永亮：《唐代诗歌的多元观照》，湖北人民出版社，
2005.

［49］ 沈松勤、胡可先、陶然合著《唐诗研究》，浙江大学出
版社，2006。

［50］ 李定广：《唐末五代乱世文学研究》，中国社会科学出
版社，2006。

［51］黄正建：《中晚唐社会与政治研究》，中国社会科学出版社，2006。

［52］尚永亮主编《唐宋诗分类选讲》，高等教育出版社，2007。

［53］傅璇琮：《唐代科举与文学》，陕西人民出版社，2007。

［54］叶嘉莹：《叶嘉莹说中晚唐诗》，中华书局，2008。

［55］赵敏：《宋代晚唐体诗歌研究》，巴蜀书社，2008。

［56］尚永亮：《唐诗艺术讲演录》，广西师范大学出版社，2009。

［57］金滢坤：《中晚唐至五代科举与社会变迁》，人民出版社，2009。

［58］陶敏：《唐代文学与文献论集》，中华书局，2010。

［59］赵敏、崔霞：《郑谷与晚唐诗风》，江西高校出版社，2010。

［60］徐乐军：《晚唐文人仕进心态研究》，社会科学文献出版社，2014。

［61］曹丽芳：《唐末诗歌在宋代的传存与接受》，辽宁师范大学出版社，2016。

［62］仇鹿鸣：《长安与河北之间：中晚唐的政治与文化》，北京师范大学出版社，2018。

［63］刘青海：《晚唐文学变局中的"温李新声"研究》，中华书局，2018。

［64］尚永亮：《尚永亮说唐诗》，广西师范大学出版社，2019。

［65］关龙艳：《晚唐诗歌艺术识要》，黑龙江人民出版社，2021。

［66］刘京臣：《晚唐诗对宋词影响研究》，中国社会科学出

版社，2021。

[67] 毛德胜：《中晚唐咏史诗的文化阐释》，华中师范大学出版社，2021。

[68] 张天虹：《中晚唐五代的河朔藩镇与社会流动》，社会科学文献出版社，2021。

[69] 李伟：《晚唐五代士风递嬗与古文变迁研究》，上海古籍出版社，2022。

[70] 吴经熊：《唐诗四季》，徐诚斌译，外语教学与研究出版社，2023。

[71] 王宏杰：《乱世人心：从晚唐到五代》，四川人民出版社，2023。

[72] 〔瑞士〕卡尔·荣格：《心理学与文学》，冯川、苏克译，生活·读书·新知三联书店，1987。

[73] 〔美〕高友工、梅祖麟：《唐诗的魅力》，李世耀译，上海古籍出版社，1989。

[74] 〔德〕拉尔夫·朗格纳编著《文学心理学：理论·方法·成果》，周建明译，黄河文艺出版社，1990。

[75] 〔美〕刘若愚：《中国诗学》，赵帆声等译，河南人民出版社，1990。

[76] 〔德〕阿多诺：《美学理论》，王柯平译，四川人民出版社，1998。

[77] 〔美〕宇文所安：《他山的石头记》，田晓菲译，江苏人民出版社，2003。

[78] 〔美〕宇文所安：《迷楼：诗与欲望的迷宫》，程章灿译，生活·读书·新知三联书店，2003。

[79] 〔美〕宇文所安：《盛唐诗》，贾晋华译，生活·读书·

新知三联书店，2004。

［80］ Owen, Stephen. *Chinese Poetry of the Mid-ninth Century* (*827-860*), New York: Harvard University Press, 2007.

［81］ Kang-I Sun Chang, Stephen Owen. *The Cambridge History of Chinese Literature*, London: Cambridge University Press, 2010.

［82］〔瑞士〕卡尔·荣格：《原型与集体无意识》，徐德林译，国际文化出版公司出版，2011。

［83］〔美〕宇文所安：《晚唐：九世纪中叶的中国诗歌（827-860）》，贾晋华译，钱彦译，生活·读书·新知三联书店，2011。

［84］〔美〕刘子健：《中国转向内在：两宋之际的文化转向》，赵冬梅译，江苏人民出版社，2012。

［85］〔英〕迈克尔·苏立文：《中国艺术史》，徐坚译，上海人民出版社，2014。

［86］〔美〕米哈里·契克森米哈赖：《心流：最优体验心理学》，张定绮译，中信出版集团，2017

## 三　论文类

［1］ 缪钺：《论晚唐诗人杜牧》，《四川大学学报》1956年第1期。

［2］ 余恕诚：《晚唐两大诗人群落及其风貌特征》，《安徽师大学报》1996年第2期。

［3］ 欧明俊：《花间词与晚唐五代社会风气及文人心态》，《福建师范大学学报》1996年第3期。

［4］ 袁文丽：《晚唐诗人的女性心态及诗歌表现》，《山西大

学学报》1999 年第 3 期。

[5] 舒红霞：《社会转型与中唐诗人的价值观》，《陕西师范大学学报》2000 年第 1 期。

[6] 吴在庆：《论唐末文人的愁苦心态——从咸通十哲看唐末文人的处境与风貌》，《厦门大学学报》2001 年第 2 期。

[7] 房锐：《从王铎之死看晚唐藩镇之祸及落第士人的心态》，《天津大学学报》2002 年第 1 期。

[8] 李红霞：《唐代士人的社会心态与隐逸的嬗变》，《北京大学学报》2004 年第 3 期。

[9] 蔡静波、杨东宇：《论晚唐科举与落第士子的心态——以〈北梦琐言〉为例》，《唐都学刊》2005 年第 4 期。

[10] 程国赋：《从小说作品考察中晚唐士子的文化心态》，《河南师范大学学报》2006 年第 1 期。

[11] 尚永亮：《"壶天"境界与中晚唐士风的嬗变》，《东南大学学报》2006 年第 2 期。

[12] 于俊利：《论晚唐时局中诗人李群玉的心态》，《西北工业大学学报》2007 年第 1 期。

[13] 周蓉：《唐末幕府诗人的仕进心态及其创作》，《西北师范大学学报》2009 年第 6 期。

[14] 王鹏：《浅析中晚唐"词代诗兴"背后士人心态的新变》，《苏州大学学报》2010 年第 5 期。

[15] 吴在庆、王宁：《以郑谷为例看唐末文人的生活与心态》，《东南大学学报》2010 年第 5 期。

[16] 刘航：《断肠声里忆先朝——从河满子传说看中晚唐社会心态及其对诗歌走向的影响》，《浙江社会科学》

2011 年第 11 期。

[17] 孙振涛：《论唐末西蜀文人群体的内敛心态与苦吟作风》，《集宁师范学院学报》2012 年第 2 期。

[18] 孙振涛：《论唐末巴蜀文人群体的生存态势和人格心态》，《集宁师范学院学报》，2015 年第 1 期。

[19] 庄林丽、祁开龙：《坚守与背离：唐末五代南方士人群体的政治心态》，《人民论坛》2016 年第 29 期。

[20] 李小山：《试论郑谷诗歌的末世文人心态及艺术表现》，《河南社会科学》2022 年第 12 期。

[21] 侯琳琳、和谈：《论唐末易代文人的焦虑心态及文学书写——以杨凝式、冯道、和凝为考察中心》，《哈尔滨工业大学学报》2023 年第 1 期。

[22] 刘宁：《唐末五代诗歌研究》，北京师范大学博士学位论文，1997。

[23] 艾炬：《唐末文人心态与创作研究》，山东大学硕士学位论文，2007。

[24] 谢遂联：《都市文化与唐代诗人心态》，扬州大学博士学位论文，2008。

[25] 罗姝：《中晚唐诗僧心态研究》，湖南大学硕士学位论文，2009。

[26] 孙振涛：《唐末五代西蜀文人群体及文学思想研究》，南开大学博士学位论文，2012。

[27] 金燕明：《广明之乱与唐末文学》，湖北大学硕士学位论文，2014。

[28] 贺卓妮：《昭宗时期韦庄游踪及心态考论》，延安大学硕士学位论文，2022。

# 后　记

数年前写就底稿，而今修改出版的这本小书，只能算作我学术生涯中蹒跚学步的"起点"。在数十年对古典文学的学习研读过程中，我一直有着一种强烈的直觉，这便是唐宋文人心态的向内收敛。在与朋友聊天的时候，说到初盛唐诗歌哪里好。朋友说，具体也说不上哪里好，但像陈子昂的《登幽州台歌》，就是觉得简单直白，又打动人心。是啊，这正是初盛唐诗歌的魅力所在，那种由内而外自然生发的感情，不管是昂扬乐观，还是悲悯千古，都充盈着向外的力量。他们愿意打开内心，显露自己的各样情绪。这个时候的人，是想向外突破的，突破个体生命的渺小，向天地宇宙延伸。

与极致的外放相对立的，必然是极致的内收。那变化是从谁开始的呢？毋庸置疑，唐诗的分水岭是李杜，用向上向外的精气神和恣意飞扬的心情，喷涌而发地去写诗的顶点是李白。那么翻过这座"高峰"后，一路向下滚落的最低点，便是唐末了。

盛唐和唐末，就像山峰与低谷。诗人心态上的这种由外向内的收敛，几乎是无可逆转的，就像瀑布一样，"飞流直下"。然后，到了宋代，在经历了极致的落差之后，终于平静了，成熟了，趋于缓和、沉静，流淌成了一条闪耀着理性光芒的河流。

从唐诗的感性飞扬到宋诗的理性成熟，这个过程是怎么发生的？抛开描述性形容词所显示的诗歌表象上的差异，该怎样从更深层次去回答这个问题呢？我想不出比心态的"内敛"更为合适的词语了。

我甚至一开始很纠结于这样的一本小书，值不值得呈现在大家面前。它是那样的稚拙，甚至夹杂着我个人的一些主观感性的体验，这和近年来我更加偏爱的理性思辨颇不相同。当我开始沉迷于理性的光芒，解决一个又一个问题的快乐，我甚至一度怀疑过感性的研究是否还有其存在价值。在修改的过程中，我读完了吴经熊的《唐诗四季》以及苏立文的《中国艺术史》，而这两本著作也给了我极大的启发。书稿的第六章中，很多小小的想法均得益于此，借此我想表达诚挚的感谢。这个时候转念，我才明白，世事有盛衰，然而诗歌本身无所谓好坏，能打动人心的，便自然有其价值。

感谢我的硕士生导师舒红霞女士，以及博士生导师尚永亮先生多年的悉心教导。特别要感谢社会科学文献出版社的杜文婕编辑，她是我的旧相识，也是多年的挚友，如果没有她的敦促和鼓励，这本小书的书稿或许还将尘封在我的电脑中，延滞许久。

最后，每一位有幸在这些文字里"相遇"的读者，希望这本小书你也能喜欢。

甲辰冬月于番禺佳苑

**图书在版编目（CIP）数据**

内敛心态与唐末诗风 / 谷维佳著 . --北京：社会
科学文献出版社，2024.11. --ISBN 978-7-5201-2998
-5

Ⅰ . I207.227.42

中国国家版本馆 CIP 数据核字第 2024WX8274 号

---

## 内敛心态与唐末诗风

著　　者 / 谷维佳

出 版 人 / 冀祥德
责任编辑 / 杜文婕
责任印制 / 王京美

出　　版 / 社会科学文献出版社
　　　　　　地址：北京市北三环中路甲 29 号院华龙大厦　邮编：100029
　　　　　　网址：www.ssap.com.cn
发　　行 / 社会科学文献出版社（010）59367028
印　　装 / 三河市尚艺印装有限公司

规　　格 / 开 本：787mm×1092mm　1/16
　　　　　　印 张：12.75　字 数：132 千字
版　　次 / 2024 年 11 月第 1 版　2024 年 11 月第 1 次印刷
书　　号 / ISBN 978-7-5201-2998-5
定　　价 / 78.00 元

---

读者服务电话：4008918866